George Bromley

A Collection of Original Royal Letters

written by King Charles the First and Second, King James the Second, and the king

and queen of Bohemia - together with original letters, written by Prince Rupert,

Charles Louis

George Bromley

A Collection of Original Royal Letters
written by King Charles the First and Second, King James the Second, and the king and queen of Bohemia - together with original letters, written by Prince Rupert, Charles Louis

ISBN/EAN: 9783337272340

Printed in Europe, USA, Canada, Australia, Japan

Cover: Foto ©Andreas Hilbeck / pixelio.de

More available books at **www.hansebooks.com**

A COLLECTION

OF

ORIGINAL ROYAL LETTERS,

WRITTEN BY

King CHARLES the Firſt and Second,
King JAMES the Second,
And the King and Queen of BOHEMIA;

TOGETHER WITH

ORIGINAL LETTERS,

WRITTEN BY

Prince RUPERT,
CHARLES LOUIS Count Palatine,
The Ducheſs of HANOVER,

And ſeveral other diſtinguiſhed Perſons;

From the Year 1619, to 1665.

Dedicated, with Permiſſion, to His MAJESTY,

By Sir GEORGE BROMLEY, Bart.

Illuſtrated with elegant Engravings of
The Queen of BOHEMIA, Prince RUPERT, EMANUEL SCROPE
HOWE, and RUPERTA, natural Daughter of Prince RUPERT;
And a Plate of Autographs and Seals.

LONDON:

PRINTED FOR JOHN STOCKDALE, OPPOSITE
BURLINGTON HOUSE, PICCADILLY.

M DCC LXXXVII.

TO

THE FATHER OF HIS PEOPLE,

THE PATTERN OF VIRTUOUS CONDUCT,

AND

THE PROTECTOR

OF

THE LIBERAL ARTS,

GEORGE THE THIRD,

KING OF GREAT BRITAIN, &c.

THIS

COLLECTION OF ORIGINAL LETTERS

IS,

WITH PERMISSION,

HUMBLY DEDICATED,

BY HIS MAJESTY'S

DUTIFUL SUBJECT,

AND DEVOTED SERVANT,

GEORGE BROMLEY.

Stokehall, Nott',
28th March 1787.

INTRODUCTION.

THE following Letters, which are now firſt publiſhed from the originals, which were written by ſome of the moſt diſtinguiſhed perſonages of the laſt century, came into the hands of Sir GEORGE BROMLEY, Bart. in conſequence of his being deſcended from RUPERTA, natural daughter to Prince RUPERT, third ſon of Frederick, King of Bohemia, and nephew to Charles the Firſt, King of England. As theſe Letters have been preſerved in Sir GEORGE BROMLEY's family, and were written by perſons of ſuch high rank, and who were ſo nearly allied to the preſent royal family of England,

land,

land, he thought the printing of them might not be unacceptable to the Public. And, indeed, thofe who have been attached to the ftudy of hiftory and antiquities, have generally approved of the publication of fuch letters, as were written by perfons of eminent ftation, and who had themfelves a perfonal fhare in great and important tranfactions. For fuch letters often throw a great light upon the hiftory of the times: and even when at firft view they appear not very important, they tend to elucidate facts and characters, which are not fufficiently illuftrated in the general hiftories of the age in which they were written.

As the greateft part of the Letters contained in this collection, were

written

written by and to the PALATINE FA-
MILY, it appears not improper to
give here some account of them;
and the rather, because many of
the facts and circumstances, referred
to in these Letters, will thereby be
the better understood.

FREDERICK, Elector Palatine, was
married to the Princess Elizabeth,
daughter to James the First, King of
England, on the 14th of February
1613 (ª). It is a circumstance not
unworthy of remark, that the banns
of marriage for this Prince and the
Princess Elizabeth, were published in
the chapel-royal (ᵇ). Mr. Hume says,
that " this marriage, though cele-

(ª) Salmon's Chronological Historian, p. 55.
(ᵇ) Granger's Biog. Hift. of England, vol. i.
p. 320. edit. 8vo. 1775.

a 4 brated

brated with great joy and feſtivity, proved, itſelf, a very unhappy event to the King, as well as to his ſon-in-law, and had ill conſequences on the reputation and fortunes of both. The Elector, truſting to ſo great an alliance, engaged in enterpriſes beyond his ſtrength : and the King, not being able to ſupport him in his diſtreſs, loſt entirely, in the end of his life, what remained of the affections and eſteem of his own ſubjects (ᶜ)." It was in the year 1619, that the Elector Palatine was made King of Bohemia (ᵈ). He received his crown from a brave, injured, and oppreſſed people ; but they were overwhelmed

(ᶜ) Hiſt. of England, vol. vi. p. 2, 3. edit. 1763.

(ᵈ) Hiſt. of Modern Europe, vol. iii. p. 102.

by

by the ſuperior power of the Houſe of Auſtria; and his father-in-law, King James, had too little zeal for the Proteſtant cauſe, and was too averſe to war, to take any active or ſpirited meaſures·in his behalf. James, inſtead of ſupporting Frederick, and the Bohemian Proteſtants by whom he was elected, ſuffered him not only to be deprived of his new kingdom, but even of his hereditary dominions. He underwent a variety of difficulties and hardſhips, and at length died on the 29th of November, 1632.

The letters of the King of Bohemia, contained in this collection, are expreſſive of a very ſtrong and tender attachment to the Queen, his wife; and when he writes to that princeſs, expreſſes himſelf thus: " Would to " God, that we had a little corner

" of

" of the world, in which we could
" live quietly and contentedly toge-
" ther ! that is all the happineſs I
" wiſh for (·) ;" it is not eaſy to
avoid ſympathizing with this royal
couple in their misfortunes.

ELIZABETH, daughter of King
James I. Princeſs Palatine, and Queen
of Bohemia, was a very amiable princeſs. Mr. Granger ſays, that " ſhe
bore her misfortunes with dignity,
and even magnanimity. So engag-
ing was her behaviour, that ſhe was,
in the Low Countries, called " The
" Queen of Hearts." When her fortunes were at the loweſt ebb, ſhe
never departed from her dignity ;
and poverty and diſtreſs ſeemed to
have had no other effect upon her,

(·) Letter viii.

but

QUEEN OF BOHEMIA.

Published as the Act directs 4.th April. 1787.
by John Stockdale. Piccadilly.

but to render her more an object of admiration than she was before (ᶠ)."

The King and Queen of Bohemia had eight children (ᵍ). FREDERICK, the eldest, was returning with his father from Amsterdam to Utrecht, in a common passage-boat, when the vessel overset, in a thick fog, and the prince, clinging to the mast, was entangled in the tackling, half frozen to death, and at length drowned. The King, with some difficulty, saved his life by swimming (ʰ).

CHARLES LEWIS, eldest surviving son of the King of Bohemia, came into England at eighteen years of age, and was honoured with the Garter. Upon the breaking out of the

(ᶠ) Biog. Hist. of Eng. ut supra, p. 317, 318.
(ᵍ) Ibid. p. 320.
(ʰ) Ibid. p. 319.

civil

civil war, he left the King at York, and went into Holland. In 1643, he returned again into England; but he had probably adopted fentiments of the conduct of King Charles, and of the oppofition to him, very different from thofe of his brothers. For while they were actively engaged in the royal caufe, he joined the two houfes at Weftminfter, and even fat in the affembly of divines. He was reftored **to** the Lower Palatinate in 1648, upon condition of his quitting all right and title to the Upper. He died on the 16th of May 1685 (').

Prince RUPERT, third fon of the King of Bohemia, by the Princefs Elizabeth, eldeft daughter of King

(') Biog. Hift. Eng. vol. ii. p. 105, vol. iii. p. 4.

James

James I. had an education, like that of moſt German princes, eſpecially younger brothers, which qualified him for arms ; and thoſe who have been the leaſt inclined to favour him, admit, that he was well adapted, both by his natural abilities, and his acquired endowments, to form a great commander (*). When the civil war commenced, he came and offered his ſword, when he was ſcarcely of age, to his uncle, King Charles I. Through the whole war he behaved with great intrepidity ; and Mr. Granger obſerves, that " he poſſeſſed, in a high degree, that kind of courage, which is better to attack than defend ; and is leſs adapted to the land ſervice than that of the ſea,

(*) Campbell's Lives of the Britiſh Admirals, vol. ii. p. 240. edit. 1779.

where

where precipitate valour is in its element. He feldom engaged but he gained the advantage, which he generally loft by pufhing it too far. He was better qualified to ftorm a citadel, or even mount a breach, than patiently to fuftain a fiege; and would have furnifhed an excellent hand to a general of a cooler head (¹)."

In confideration of his fervices, and on account of his affinity to him, King Charles made Prince Rupert a Knight of the Garter; and by his letters patent, bearing date at Oxford, the 19th of January, in the nineteenth year of his reign, made him a free denizen; and, on the 24th of the fame month, advanced

(¹) Biog. Hift. of England, vol. ii. p. 106.

him

him to the dignity of a peer of England, by the title of Earl of Holderneffe, and Duke of Cumberland ([m]). When the civil war was over, he went abroad with a pafs from the parliament ; but when the fleet revolted to the Prince of Wales, he readily went on board it, where he diftinguifhed himfelf by the vigour of his counfels. His advice, however, was not followed ; but, on the return of the fleet to Holland, the command of it was left to him. He then failed to Ireland, where he endeavoured to fupport the declining royal caufe ; but he was quickly purfued by the fuperior fleet of the parliament, under Popham and Blake, who, in the winter of the year 1649, blocked

([m]) Campbell, ut fupra, p. 241.

him

him up in the haven of Kinfale. He efcaped, however, by making a bold effort, and pufhing through their fleet (*).

After the Reftoration, Prince Rupert was invited to return to England, and had feveral offices conferred upon him. On the 28th of April, 1662, he was fworn a member of the privy council; and, in December following, he was admitted a Fellow **of** the Royal Society. In the year 1666, the King entrufted him, in conjunction with the Duke of Albemarle, to command the fleet, when he exhibited all the qualities that are neceffary to conftitute **a** great admiral. By his happy return to the fleet, on the 3d of June, he wrefted

(*) Campbell, ut fupra, p. 241.

from

from the Dutch the only victory they had the appearance of gaining ; and afterwards, on the 24th of the same month, he beat them effectually, purfued them to their own coaft, and blocked up their harbour (°). Indeed, the great intrepidity which Prince Rupert difplayed, in this naval war, was highly and juftly celebrated in his own time ; and in the laft Dutch war, he feemed to retain all the activity and fire of his youth, and beat the enemy in feveral engagements (ᵖ).

From this time Prince Rupert led a quiet, and chiefly a retired life, moftly at Windfor-caftle, of which he was governor ; and he very much employed himfelf in the profecution

(°) Campbell, p. 244.
(ᵖ) Granger, ut fupra, vol. iii. p. 382.

of

of chemical and philosophical experiments, as well as in the practice of
mechanic arts, **for** which he was
very famous (ᵗ). He is mentioned by
foreign authors with applause for his
skill in painting; and is considered as
the inventor of mezzotinto, of which
he is said to have taken the hint from
a soldier scraping his rusty fusil. The
circumstances are thus related. The
Prince going out early one morning,
observed a centinel at some distance
from his post, very busy doing something **to** his piece. The Prince ask-
ed, what he was about? He replied,
that the dew had fallen in the night,
had made his fusil rusty, and that
he was scraping and cleaning it. The
Prince looking at it, was struck with
something like a figure eaten into
the barrel, with innumerable little

(ᵗ) Campbell, p. 248.

                    holes

holes clofed together, like friezed
work on gold or filver, part of which
the foldier had fcraped away. From
this trifling incident Prince Rupert
is faid to have conceived mezzotinto.
He concluded, that fome contrivance
might be found to cover a brafs plate
with fuch a grained ground of fine
preffed holes, which would undoubt-
edly give an impreffion all black,
and that by fcraping away proper
parts, the fmooth fuperficies would
leave the reft of the paper white.
Communicating his ideas to Walle-
rant Vaillant, a painter whom he
maintained, they made feveral experiments, and at laft invented a fteel
roller, cut with tools to make teeth
like a file or rafp, with projecting
points, which effectually produced
the black grounds; thofe being fcraped away, and diminifhed at pleafure,

left the gradations of light (¹). It is said, that the firſt mezzotinto print ever publiſhed was executed by his Highneſs himſelf. It may be ſeen in the firſt edition of Evelyn's *Sculptura*; and there is a copy of it in the ſecond **edition**, printed in 1755.

Prince Rupert alſo delighted in making locks for fire-arms, and was the inventor of a compoſition, called from him *Prince's Metal*; and in which guns were **caſt**. He communicated to the Royal Society his improvements upon gunpowder, by **re**fining the ſeveral ingredients, and making it more carefully, by which, as appeared by ſeveral experiments, its force was augmented, in compariſon of ordinary powder, in the proportion **of** ten to one. He likewiſe

(¹) Walpole's Catalogue of Engravers, p. 137, 138.

acquainted them with an engine he had contrived for raifing water; and fent them an inftrument, of which he made ufe, to caft any platform into perfpective, and for which they deputed a felect committee of their members to return him their thanks. He was the inventor of a gun for difcharging feveral bullets with the utmoft fpeed and facility; and was the author of fundry other curious inventions (ˢ). He died at his houfe in Spring-gardens, on the 29th of November, 1682.

The features of Prince Rupert were fomewhat harfh, and his manners and drefs were not thought fufficiently elegant and polite for the court of King Charles the Second. But Mr. Walpole obferves, that " if the Prince

(ˢ) Campbell, 248, 249.

" was

" was defective in the tranfient var-
" nifh of a court, he at leaft was
" adorned by the arts with that po-
" lifh, which alone can make a court
" attract the attention of fubfequent
" ages (')." And Dr. Campbell fays,
that " in refpect to his private life
" he was fo juft, fo beneficent, fo
" courteous, that his memory re-
" mained dear to all who knew him.
" This I fay of my own knowledge,
" having often heard old people in
" Berkfhire fpeak in raptures of
" Prince Rupert (")."

Prince MAURICE, fourth fon of the King of Bohemia, entered into the fervice of King Charles I. about the fame time with his brother. Mr. Granger fays, that " he was not of

('') Catalogue, ut fupra, p. 136.
(") Lives of the Admirals, ut fupra, p. 250.

fo

fo active and fierce a nature as Rupert; but knew better how to purfue any advantages gained over the enemy. He wanted a little of his brother's fire, and Rupert a great deal of his phlegm. He laid fiege to feveral places in the Weft, and took Exeter and Dartmouth. His moft fignal exploit was the victory at Lanfdown (*)."

ELIZABETH, eldeft daughter of the King of Bohemia, is obferved by Mr. Granger, to have been " one of the moft extraordinary women that we read of in hiftory. She correfponded with the celebrated Des Cartes, who was regarded as the Newton of his time, upon the moft difficult and abftrufe fubjects. That philofopher tells her, in the Dedication of his *Principia*, which he addreffed to her, that fhe was the only perfon he had

(*) Biog. Hift. of England, vol. ii. p. 106, 107.

b 4

met

met with, who perfectly underſtood
his works. Chriſtina, Queen of Sweden, from whom ſhe received ſeveral
ſlights, was extremely envious of her
knowledge. William Penn, the famous legiſlator of Penſylvania, had
many conferences with her upon
Quakeriſm, of which ſhe entertained
a favourable opinion. He has publiſhed ſeveral of her letters to him in
his travels. She is ſometimes ſtiled
" the **Abbeſs of** Hervorden," a Proteſtant nunnery **in** Germany over
which ſhe preſided (*)"

The Princeſs Lo u i s a, ſecond
daughter to the King of Bohemia,
was diſtinguiſhed by her uncommon
ſkill in painting. Mr. Granger in-
forms us, that " her paintings are
highly eſteemed by the curious, not
only for their rarity, but their me-

(*) Ibid. p. 107.

rit;

rit; and are to be seen in foreign cabinets with the works of the greatest masters. Gerard Honthorst had the honour of instructing the Queen of Bohemia and her family in the art of painting: of these the greatest proficients were Louisa, and the Princess Sophia, her sister. In 1664, Louisa turned Roman Catholic, and was made Abbess of Maubuisson, at Ponthoise, near Paris. She died in 1709, aged eighty-six. There is a portrait of her, in a straw hat, at Wilton, by Gerard Honthorst (ʸ)."

The Princess SOPHIA, third daughter of the King of Bohemia, and mother to George the First, King of Great Britain, is observed by Mr. Granger, to have been "herself mistress of every qualification requisite to adorn a crown (ᶻ)." She died on

(ʸ) Ibid. p. 108.
(ᶻ) Id. ibid.

the

the 8th of June, 1714, in the eighty-
fourth year of her age (*). It has been
said of these three illustrious sisters,
the Princesses Elizabeth, Louisa, and
Sophia, that " the first was the most
" learned, the second the greatest
" artist, and the third the most ac-
" complished lady in Europe (*)"

Having given the preceding account of this very distinguished and
illustrious Family, it may here be
subjoined, that by Prince RUPERT's
will, which is dated Nov. 27, 1682,
and which is registered in the Prero-
gative-office, Doctors Commons, after making some provision for his
natural son DUDLEY BART, and a few
other legacies, is the following clause
relative to his daughter RUPERTA, and
her mother, Mrs. MARGARET HEWES:

(*) Salmon's Chronological Historian, p. 334.
(*) Vid. Granger, ut supra.

" All

RUPERTA.

Published as the Act directs, 30th Jan.y 178.
by ... Archibald Piccadilly.

" All the reſt of my goods, chattels,
" jewels, plate, furniture, houſehold
" ſtuff, pictures, arms, coaches, hor-
" ſes, ſtock in companies, intereſts
" or ſhares in patents, to myſelf, or
" in copartnerſhip with others ; and
" all other my eſtate, rights, proper-
" ties, and intereſts whatſoever, not
" hereby before bequeathed (my juſt
" debts being paid and ſatisfied) I
" do hereby give and bequeath unto
" William Earl of Craven, in truſt
" nevertheleſs, to and for the uſe and
" behoof of the ſaid Margaret Hewes,
" and of Ruperta, my natural daugh-
" ter, begotten on the body of the
" ſaid Margaret Hewes, in equal
" moieties. The ſame, or ſo much
" thereof as to the ſaid Earl of
" Craven ſhall ſeem convenient, to
" be ſold and turned into money ;
" and, at the diſcretion of the ſaid
" Earl of Craven, either put out at
" intereſt

" intereſt for their ſeveral uſes, in
" moieties as aforeſaid, or otherwiſe
" to be laid out in purchaſing of lands
" and tenements, for the uſe and bene-
" fit of them the ſaid Margaret Hewes,
" and Ruperta, my ſaid daughter,
" and their heirs, in moieties as a-
" foreſaid. And I do hereby de-
" fire, charge, and command my
" ſaid daughter, upon my bleſſing,
" to be dutiful and obedient to her
" mother, and not to diſpoſe of her-
" ſelf in marriage without her con-
" ſent, and the advice of the ſaid
" Earl of Craven, if they, or either
" of them, ſhall be then living. And,
" laſtly, I do hereby nominate and
" appoint the ſaid William Earl of
" Craven executor of this my laſt
" will and teſtament; and do humbly
" beſeech his Majeſty, that he will
" be graciouſly pleaſed to give his
" aſſiſtance and direction in what
" may

EMANUEL SCROPE HOWE.

" may be neceſſary for the perform-
" ance thereof, as there may be oc-
" caſion."

Sir GEORGE BROMLEY, in whoſe poſſeſſion are the originals of the letters contained in this collection, is the only ſon and heir of Sir George Smith, late of Eaſt Stoke, in the county of Nottingham, Bart. deceaſed, by Mary his wife, daughter and ſole heir of William Howe, Eſq; ſome time a major in the army; which William was eldeſt ſon and heir of Emanuel Scrope Howe, Eſq; envoy extraordinary to the moſt ſerene houſe of Brunſwick Lunenburgh, by Ruperta, his wife, natural daughter of the moſt illuſtrious Prince Rupert, Count Palatine of the Rhine, Duke of Bavaria and Cumberland, &c. who was ſon of Frederick, King of Bohemia, by Elizabeth, daughter of James the Firſt, King of Great Britain, and brother to the Princefs Sophia; from whofe marriage with Erneft Auguftus, **Duke** of Brunfwick and Lunenburgh, his prefent Majefty inherits the crown of this kingdom. But Sir George Bromley's defcent from Ruperta, the daughter of Prince Rupert, will more diftinctly appear from the Genealogical Table that **is** here annexed: and it was in confequence of this defcent, that **he** became poffeffed of the letters contained in this collection, which have been carefully preferved in his family.

The elegant engravings, with which this work is adorned, are taken from original paintings now in the poffeffion of Sir George Bromley, excepting one of them, which is copied from a painting in one of the royal palaces; and it may be prefumed, from the mafterly manner in which they are executed, that they will be confidered as no small addition to the value of the volume. An engraving is also given of a mourning ring, with the hair of King Charles I. in it, which was worn by his sister the Queen of Bohemia. This ring is now in the possession of Sir George Bromley.

Mourning Ring, with the Hair of Charles 1.ᵗ in it, worn by his Sister the Queen of Bohemia.

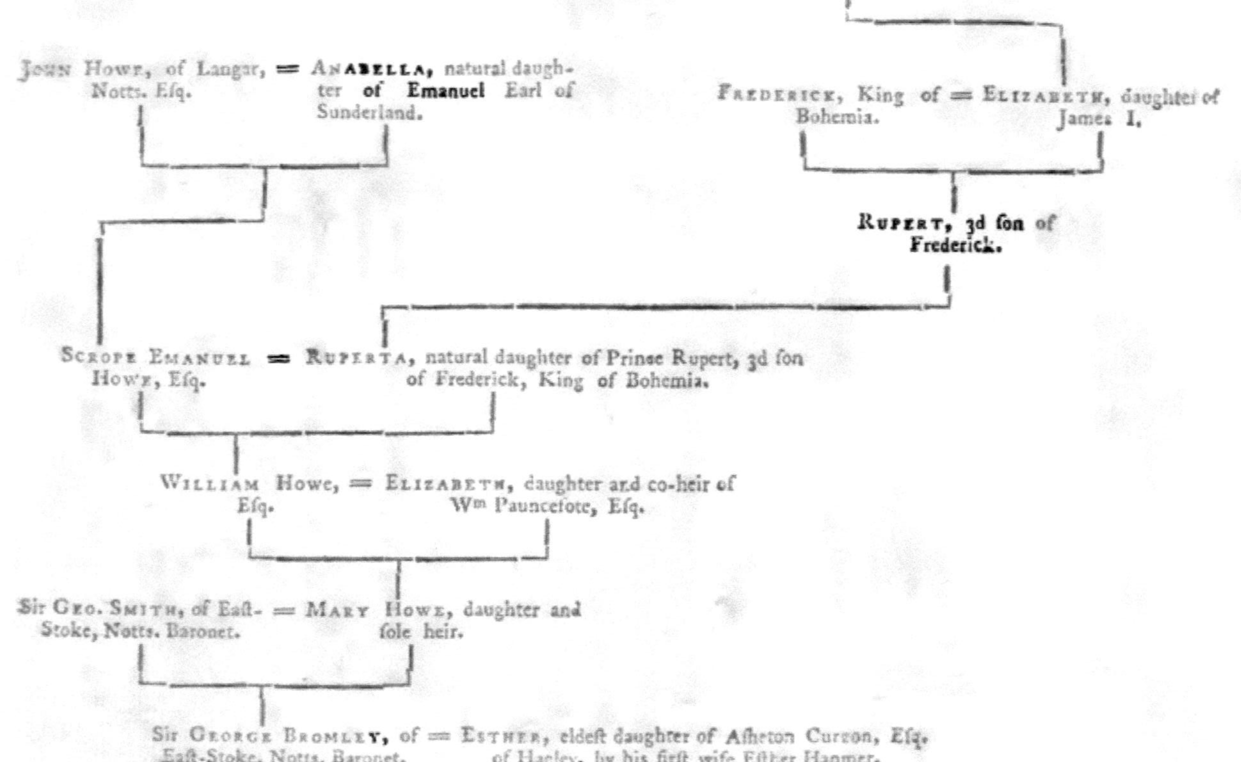

James I. King of England.

John Howe, of Langar, = Anabella, natural daugh-
Notts. Esq.   ter of Emanuel Earl of
                   Sunderland.

Frederick, King of = Elizabeth, daughter of
Bohemia.   James I.

Rupert, 3d son of
Frederick.

Scrope Emanuel = Ruperta, natural daughter of Prince Rupert, 3d son
Howe, Esq.   of Frederick, King of Bohemia.

William Howe, = Elizabeth, daughter and co-heir of
Esq.   Wm Pauncefote, Esq.

Sir Geo. Smith, of East- = Mary Howe, daughter and
Stoke, Notts. Baronet.   sole heir.

Sir George Bromley, of = Esther, eldest daughter of Asheton Curzon, Esq.
East-Stoke, Notts. Baronet.   of Hagley, by his first wife Esther Hanmer.

CONTENTS.

c   XVI.

XLI.

LXIII.

CXVII.

CXXXVII.

LETTER

LETTER I.

A Madame Madame l'Electrice Palatine.

M A D A M E,

LE Comte de Linange m'a enfin apporté votre chere lettre ; il s'etoit arrêté en chemin auprès du Comte **Graf,** & auſſi à Sultzbach ; je le trouve autant aveugle qu'il a jamais été. Je ſuis arrivé hier ici, où j'ai trouvé le Duc de Weimar, qui a été auprès de moi à Heidelberg : il ne ſe porte plus à l'Italienne, mais eſt fort **proprement** habillé : je l'ai trouvé **fort à mon gré.** Il eſt parti ce ſoir ; mais il me reviendra trouver **bientôt,** & veut entretenir une compagnie de **cent** chevaux à ſes dépens. Je n'ai pas encore **vu** la Princeſſe d'Anhalt, car **elle** loge avec **tous** ſes enfans auprès de la Comteſſe d'Ortenburg ; & auſſi elle commence à ſe porter mal : je penſe qu'elle **accouchera** bientôt. Nous faiſons la

B

cêne

cêne ici Dimanche qui vient. Je n'ai rien eu de Bohême cette femaine; mais il y a apparence, qu'en la place que Ferdinand acquerra une couronne à Francfort, il **en** pourroit bien perdre deux : Dieu lui **en faſſe** la grace ! C'eſt **un** prince fort heureux, car **il a le** bonheur d'etre haï de tout le monde. Croyez, mon cher cœur, que je me fouhaite bien auprès de vous, & me tarde d'avoir ce bonheur : cependant **je** vous fupplie de me toujours aimer, & **croire** que **l'êtes** uniquement de moi comme de celui qui fera jufqu'au tombeau, de toute fon affection,

Madame,

Votre très-fidele **ami**,

& très-affectionné ferviteur,

FRIDERIC.

D'Amberg,
ce 13 Aout 1619.

LETTER

LETTER II.

A la Reine de Bohême.

MADAME,

CETTE-CI eſt pour vous dire mon heureuſe arrivée en ce lieu. Le Prince d'Anhalt eſt demeuré en arriere hier, à cauſe des goutes qu'il a à tous les deux pieds : je penſe qu'il ne viendra que demain ici, & à grand'peine pourra-t'il venir à Nuremberg, où j'eſpere d'arriver demain : le Landgrave Morice, M. d'Anſpach, & Duc de Wirtemberg y ſont déjà. Le baptême ſe fera dans une heure ou deux. Je n'ai pas encore vu la Princeſſe d'Anhalt. Je vous ſupplie de m'envoyer, par quelque homme exprès en poſte, & bien empaqueté dans une boite de fer-blanc ou de bois, l'obligation que les Etats m'ont donné pour l'argent que je leur ai prêté, avec quelques écrits y joints. Je ne ſais ſi vous le pourrez trouver : il me ſemble que je l'ai mis en la boîte d'or avec l'obligation que les Etats ont donnée au petit, laquelle eſt auprès de la vaiſſelle d'or. Vous retiendrez la boîte d'or,

comme

comme aussi l'obligation qui concerne le petit. J'ai eu hier des lettres de Madame ma mere, qui vous baise humblement les mains. Je vous envoie ci-joint une lettre de ma sœur la Marquise. Je hâterai mon retour autant qu'il me sera possible. **Je vous** écrirai plus amplement de Nuremberg, & finirai pour ce coup, mais jamais d'être,

    Mon cher unique cœur,

      Votre très-fidele ami,

        & très-affectionné serviteur,

          FRIDERIC.

    Je vous prie de me recommander à mon frere, & de baiser le petit de ma part.

D'Amberg,
ce **8** Novembre 1619.

LETTER III.

A la Reine de Bohême.

Madame,

J'ai eu le contentement aujourd'hui de recevoir deux de vos cheres lettres, l'une par
la poste, & l'autre par cadet : j'espere qu'aurez
reçue les miennes. Je ne sais si ledit cadet
voudra me mener une compagnie aux mêmes
conditions que les autres. Pour Vilebon, il
parle de 600 chevaux : je n'en ai pas grande
envie, car il est fort grand papiste, & plus
courtisan que soldat. Pour Franteret, je suis
bien content de lui donner l'épée à mon retour, & remets entiérement à ce que trouverez
bon pour le fils de Dupont; ou si peut-être
vous aimeriez mieux le petit Anglois, ou
Villars. Je m'ai enfin résolu de faire venir les
chiens de chasse : à cette fin j'ai fait faire une
lettre au Duc de Deux-Ponts, laquelle il vous
plaira envoyer par Henryken à Heidelberg.
J'espere qu'avant mon retour il les pourra
mener à Prague. Je m'ai arrêté ici deux jours,
parceque les Ambassadeurs de Moravie n'é-

B 3

toient

toient encore arrivés. Je leur ai donné audience ce matin : ils me témoignent beaucoup d'affection. Demain je pars d'ici, & ferai, s'il plaît à Dieu, Lundi en la maifon du Baron de Leib, & le Mardi à Brin. **Le** pauvre Quinſky eſt mort. Le Comte de Holoch a été hier auprès de moi. Bethlehem Gabor n'eſt encore **élu ni** couronné : il eſt parti de Preſbourg à cauſe de la peſte. Mon oreille ne me fait plus de mal ; j'eſpere qu'elle ſera bientôt du tout guérie. **Je vous** ſupplie de croire, que je vous aime toujours parfaitement, **&** que je **ne** ſerai jamais autre que,

Mon très-cher & unique cœur,
Votre très-fidele ami,
& très-affeçtionné ſerviteur,
FRIDERIC.

De Polnace,
5 de Fevrier 1620,

LETTER

LETTER IV.

A la Reine de Bohême.

M ADAME,

CETTE-CI eſt pour vous **dire que hier** au ſoir je ſuis parti d'ici **avec** la plupart de notre cavalerie, en **intention** de ſurprendre le **quartier du Duc** de Baviere; mais **la nuit** étant fort obſcure, & les paſſages fort difficiles & étroits, nous avons employé toute la nuit à marcher une lieue; & n'y euſſions pu **arriver** que bien au jour, ainſi ſommes retournés ſans rien effectuer. Du depuis nous avons été avertis que le Duc de Baviere & Comte de Bucquoy **ont été** en bataille toute la **nuit** pour nous attendre : de-là on peut juger que nous n'avons faute **de traîtres.** Aujourd'hui l'armée **de l'ennemi eſt** partie, on ne ſait encore vers où : ſi-tôt qu'en ſaurons certitude, nous le ſuivrons de près, **ne** deſirant rien tant **que** d'avoir **une** bonne occaſion **de** combattre **avec** lui. Les Hongrois ont défait hier 60 çavaliers, & ont eu force bons chevaux; aujourd'hui ils ont pris force chariots de proviſions qu'on lui menoit : ainſi, tous les jours nous

B 4

avons

avons des prisonniers. J'avois envoyé Sla-
mersdorf vers le Duc de Baviere, pour le sa-
luer, & lui offrir une entrevue; mais il s'en
est excusé, & déclare que l'Empereur etoit
résolu de ne quitter le royaume. Sur ce je
lui ai répondu que, si on persistoit sur ces
extrémités, il n'étoit besoin de conférence.
Tout à cette heure je reçois nouvelle qu'il est à
une demi-lieue en la Bilsen. J'ai eu aujour-
d'hui deux de vos lettres : je vous supplie de
n'être mélancolique, & de vous assurer qu'êtes
toujours parfaitement aimée de moi. Je suis
bien aise que les Ambassadeurs n'ont point dé-
conseillé de se battre avec Spinola, pourvu
que cela se trouve, cela est bon. Je n'ai encore reçu nulle nouvelle de Heidelberg; il
me tarde bien d'en avoir. Je serois volontiers défrayer les Ambassadeurs, si j'en avois les
moyens; mais ayant des dépenses excessives
sur les bras, n'étant sur le lieu, & ne sachant
combien ils y demeureront, cela me doit bien
excuser : mais je crois que ne feriez mal de
les faire dîner par fois avec vous, si le trou-
vez à propos. Je crois que le Burckgrave
sera bien affligé de la mort de sa fille. C'est
bien une grande folie de parer tant un corps
mort : pour moi, je ne desirerois qu'un lin-
ceul.

ceul. J'espere que Dieu nous conservera encore long-tems ensemble : mais pour Dieu ayez
égard à votre santé, sinon pour l'amour de
vous, pour le moins pour l'amour de moi,
de nos chers enfans, & de votre chere petite
créature ; & ne donnez lieu à la mélancolie.
Je me souhaite bien auprès de vous : mais ma
vocation me portant ici, j'espere que ne croi-
rez que je vous aime moins pour cela ; car je
serai jusqu'au tombeau,

Madame,
Votre très-fidele ami,
& très-affectionné serviteur,

FRIDERIC.

De Rochesance,
ce 1½ Octobre 1620.

> Je vous prie de faire mes recommanda-
> tions à Messieurs les Ambassadeurs, &
> leur dire que je suis bien aise de leur
> arrivée ; qu'il n'y a personne qui de-
> sire plus la paix que moi, pourvu qu'elle
> soit honorable à leur maître & à moi :
> mais de quitter le royaume, cela ne le
> peut être ni à l'un ni à l'autre.

LETTER

LETTER V.

Reine de Bohême.

Madame,

JE vous écrivis hier deux lettres : croyez que ce que je vous ai mandé procede d'une parfaite amitié. Dieu veuille qu'il ne foit befoin que vous partiez de Prague ! Toujours en ne peut faillir de s'y preparer ; car autrement, fi la néceffité le requéroit, tout iroit en trop grande confufion. Quand je recevrai de vos lettres, par lefquelles je pourrai voir qu'avez pris réfolution de vous foumettre de tout & en tout à ce que fera la volonté de Dieu, fans impatience, croyez que cela me rejouira fort : certes, fi je ne le fefois, je fuccomberois fous les afflictions que Dieu m'envoit. Mandez moi donc librement votre avis, fi ne croyez vous-même être plus à-propos que partiez de Prague avec bon ordre, que d'attendre que l'ennemi en vienne plus près, ce qui alors reffemblera plutôt à une fuite. Nous fommes encore fort près de l'ennemi : il a fort tiré avec fes canons hier ; aujourd'hui

il est encore fort coy.   Je vous prie, ne vous
affligez pas, & croyez que je ne desire de
vous forcer de partir ; mais je vous en dis
mon opinion, & croyez que je suis toute ma
vie,

> Mon cher unique cœur,
>> Votre très-fidele ami,
>>> & très-affectionné serviteur,
>>>> FRIDERIC.

De Rackonitz,
ce 1 de Novembre 1620.

> Je vous envoie ci-joint une lettre que le
> Duc de Baviere écrit à sa femme; je
> m'assure qu'en rirez : j'ai eu force
> lettres interceptées, par où l'on voit
> que leur intention est sur Prague.

LETTER

LETTER VI.

A la Reine de Bohême.

Madame,

J'AI reçu ce matin à mon lever votre chere lettre de Francfort : je loue Dieu de vous y savoir heureusement arrivée : je le prierai toujours fort diligemment pour votre prospérité. **Il me tardera** d'entendre la resolution des Conseillers de Berlin, qui sont bien indiscrets. Vous ne sauriez être nulle part mieux qu'à Custrin. Certes je me souhaite bien auprès **de** vous! **Je vous ai** écrit **hier au** soir une assez grande lettre, par **où** je vous mande tout ce que je sais de nouveau. Je n'ai trouvé auprès de votre lettre **celle** que ma sœur m'écrit : je crois qu'aurez oublié **à** la mettre **au** paquet. Aimez moi toujours, & me croyez jusqu'au tombeau,

Madame,

Votre très-fidele ami,

& affectionné serviteur,

FRIDERIC

De Breslau,
¼ Decembre 1620.

LETTER

A la Reine de Bohême.

Madame,

Je ne vous faurois bien dire le contentement que m'a apporté votre chere lettre du 17 de ce mois, laquelle m'a été remife hier, car j'avois été quelque tems fans en recevoir : aujourd'hui j'ai reçu une autre du 7. Je fuis bien aife qu'avez reçu les miennes : je ne puis favoir où ils ont été fi long-tems en chemin. Certes mes penfées font bien continuellement à vous, où je me fouhaite bien paffionnément. Il me tardera bien de vous favoir arrivée à Wolfenbuttel. Si les Etats envoyent du convoi, il ne faut pas le laiffer attendre, mais vous en fervir fans m'attendre ; car je ne pourrai être au pays de Brunfwick que dans huit ou dix jours ; de quoi il ne faut pourtant parler : & pourvu que je puiffe favoir le chemin que vous prendrez, je vous pourrai peut-être joindre avant que paffiez le Wefer. Mandez moi les gîtes que prendrez depuis Wolfenbuttel. Je n'ai encore réponfe du Prince Maurice. J'aurai le contentement de

voir demain le Roi de Danemarck à Segenſ-
berg : je me l'eſtime pour un ſingulier bonheur.
Je ſuis bien aiſe que M. Vilars eſt parti content de moi. Je lui euſſe volontiers donné quelque ſouvenance, mais je n'ai rien pu recouvrer.
Je l'ai trouvé fort honnête homme. Schonberg
eſt revenu d'Angleterre. Le Roi m'a écrit une
fort bonne lettre, & à vous auſſi : je ne les ai
oſé fier à la poſte ; je la vous envoyerai ſi-tôt
que je pourrai avoir ſure commodité. Vous
avez fort bien répondu au Roi ſur celle qu'il
vous a écrit en Anglois. J'ouïrai fort volontiers les propoſitions que vous a fait l'Ambaſſadeur. C'eſt bien un beau nouvel an que
vous donne le Roi ; vous en aurez bien affaire.
Je ne m'arrêterai pas long-tems à Segenberg ;
je me ſouhaite bien fort le bonheur d'être auprès de vous ; il me ſemble qu'il y a déjà des
années que je ne vous ai vue. Je fais demain
la fin aux viſites Allemandes. Je vous ai déjà
mandé que l'Empereur m'a mis au ban. Je
finis, demeurant juſqu'au tombeau,

Mon cher unique cœur,

Votre fidele ami,

& très-affectionné ſerviteur,

FRIDERIC.

Lubeck,

$\frac{27}{5.\ V.}$ Fevrier 1621.

LETTER

A la Reine de Bohême.

MADAME,

J'AI reçu hier par la voie de Liege votre lettre du $\frac{5}{13}$ de ce mois: par la voie de Paris je n'ai rien reçu; auſſi n'avons nous depuis quelque tems rien de-là, tant les chemins ſont mal-ſurs. Je m'étonne que n'avez encore reçu toutes mes lettres: je vous ai écrit, devant celle que vous a apporté le meſſager du P. d'Orange trois, dont deux ſont allées par Bruxelles, & une par un meſſager qui a ramené la fille du Col. Henderſum, & depuis quatre autres. Je vous euſſe volontiers écrit plus ſouvent, mais je n'en ai pu trouver de commodité; la derniere a été par Dolbier, qui vous dira l'état où il m'a laiſſé. Je vous ſuis bien obligé du ſoin qu'avez de moi. J'ai fort bien reçu les 3000 florins; mais il fait ſi cher vivre ici, & me viennent tant d'extraordinaires a déſſécher, les gens qui m'ont ſuivi en l'armée, dont je me défais autant que je puis: après je ſuis tourmenté des gens qui me viennent trouver, comme le Landchaupman de

Moravie,

Moravie, à qui on a pris tout fon argent à Moufon. Il m'a fallu encore payer pour lui ce qu'il avoit dépendu là, & je n'en ferai quitte à 500 fl. Si vous me pouviez encore envoyer 4 ou 5 mille florins, j'en aurai grand befoin : j'ai déja dépendu ici prefque autant 5000. Si je puis une fois me defaire de mes chevaux, dont j'en ai encore beaucoup, j'efpere d'être meilleur ménager. Je crains tant de vous incommoder. **Je** crois que le meilleur feroit de faire le **change** vers Paris ; car j'aurois de l'avantage à la monnoie, & le pourrois bien retirer de-là ici avec avantage. Croyez, mon cher cœur, **que je** me fouhaite bien **auprès de vous. Je** vous ai déjà mandé **ce qui m'en** retient : plut à Dieu qu'euffions un petit coin au monde pour y vivre contents enfemble, c'eft tout le bonheur que je me fouhaite. Mais la demeure de la Haye ne m'agrée guére. Puifque 1 31 [l'infante] témoigne tant d'affection à 1 22 [la Reine de Bohême] que de la defirer auprès d'elle, je ne fais s'il feroit hors de propos qu'**elle** lui écrivît touchant la confervation de fon douaire, & principalement de 161 [Frankendal] qu'on dit être affiégé. Le traité de Bruxelles a le même effet que celui de Mr. Rigby a Vienne : l'un nous a fait perdre le

Haut,

Haut, & l'autre le Bas Palatinat. Dieu veuille
que le Roi prenne une fois de bonnes réfolutions!

Je crois fort bien ce qu'écrit 35, 64, 17, 24.
Le Duc de Deux-Ponts eft encore fain & fauf à
Deux-Ponts : Dieu fait combien cela durera. La
Ducheffe de Lanfperg eft accouchée d'un fils.
Si j'euffe plutôt fu le partement du coche de
Liege, je vous aurois fait cette-ci plus longue :
ce fera pour la premiere commodité. Cepen-
dant je vous fupplie de croire, que je vous aime-
rai jufqu'au tombeau parfaitement, comme
étant,

Madame,

Votre très-fidele ami,

& très-affectionné ferviteur,

FRIDERIC.

Je vous prie de faire mes excufes à Mr.
l'Ambaffadeur, que je ne lui écris pour
ce coup : c'eft le fubit partement du
coche, & le dîné fur la table, qui
m'en empêche : ce fera par la premiere
commodité. Je n'ai point reçu les
autres lettres dont il fait mention.

De Sedance,
28 Aouft 1622.

C   LETTER

LETTER IX.

A la Reine de Bohême.

MADAME,

J'AI reçu hier, par la voie de Bruxelles, trois de vos tant cheres lettres du ꝑₒ, ꝑₒ, & ꝑꝑ Septembre, par lesquelles j'ai vu avec beaucoup de contentement l'amitié que me portez : c'est bien l'unique bonheur qui me reste d'être aimé de vous ; cela est aussi la plus grande consolation que j'ai en toutes mes afflictions, qui ne sont à exprimer. Voilà la fin du traité de Bruxelles, que la prise de Heidelberg : cependant on a amusé le Roi tout l'été, & semble à cette heure en l'état de ne nous pouvoir aider quand il voudra. Ils sont si effrontés de proposer à Bruxelles la démolition de Manheim, & de nous donner que les baillages de Heidelberg, Gemersum, Neustadt. Dieu sait ce que le Roi en dira ! On continue encore en Angleterre à faire distinction entre l'Empereur & le Roi d'Espagne ; & cependant l'un & l'autre me prennent tout, & semble qu'ils ayent partagé le Palatinat. Voilà mon pauvre Heidelberg pris ! On y a exercé toutes sortes de cru-

2

autés,

autés, pillé toute la ville, allumé tout le fauxbourg qui étoit le plus beau du dit lieu. Pauvre Mr. Herbert y a été tué. Plût à Dieu que tous ceux qui y font étés me fuſſent étés ſi fideles que lui, ce malheur ne fût arrivé. Dieu nous viſite bien rigoureuſement : de voir la miſére de ces pauvres gens, cela m'afflige bien. On dit que Manheim eſt aſſiégé: je crains qu'on traitera ſi long-tems en Angleterre, juſqu'à ce qu'il ſoit auſſi perdu. Si je le perds, j'en aurai une bonne partie de l'obligation à 149, duquel je ne ſuis trop ſatisfait. Je vous en dirai force particularités quand j'aurai le bonheur de vous revoir; ce que je ſouhaite avec autant de paſſion, & plus que ne le pouvez deſirer. Me ſemble avoir été quelques années ſans voir ce que j'aime le plus en ce monde; d'où autrement, certes, je me retirerois plus volontiers que d'y vivre; car je pourrois mieux ſervir à mon Dieu, aurois l'eſprit plus content en le plus petit coin du monde, que le plus grand monarque au plus grand palais : & certes, ſi je ſuivois mon humeur, je m'en retirerois de tout, & laiſſerois faire le Roi d'Angleterre, pour le bien de ſes enfans, ce qu'il leur croiroit utile. Mais l'amitié que me témoignez me fait changer d'opinion, & me fait

ſouhaiter

souhaiter de vous revoir; à quoi ne me reste autre obstacle que le desir du Roi que je m'arrête ici, lequel, je veux espérer, me permettra bientôt d'en **partir**. A quoi, pour n'avoir après d'empêchement, je pense **faire** partir dans peu de jours mon train & équipage, **ni** n'est guère grand. Vous m'assurez fort que je ne serai le bien-venu. C'est une misere de vivre parmi une belle populace: mais patience. Je suis aussi **fort** aise, que me promettez que je ne serai importuné **pour** les dettes; car je serois fort marri de prendre mon logis dans la porte de la Haye. J'espere qu'aurez reçue ma lettre que je vous écrivis Dimanche passé sur la prise **de** Heidelberg. **Je** fais tout **ce** que **je** puis pour me divertir d'y penser, car c'est une plaie bien sensible. Je me réjouis que le Duc Christian se remet: car certes j'aimerois mieux perdre un bras qu'il mourût; car nous lui sommes extrêmement obligés, & Dieu sait que je l'aime comme **mon** frere. Si **le** Duc de Weimar échappe avec 500 r. il sera bien-heureux. Je crois que le Colonel Brock quittera fort mal-volontiers son regiment; il y a pourtant bien besoin de réformation. J'ai fort bien reçu **la** lettre de change: je vous en suis fort obligé. J'ai envoyé Dupont pour recevoir l'ar-

5gent:

gent: j'espere qu'il retournera sur le commencement de l'autre semaine. Pour l'offre de 149,
j'y penserai bien quatre fois avant que l'accepter.
Pour 185 de 136, elle ne peut qu'être bonne.
Je suis marri que notre aîné & son précepteur
s'accordent si mal: Dieu veuille qu'on puisse
changer en mieux! L'Ambassadeur m'en écrit:
il me mande de Sladius, qu'il a fait venir d'Amsterdam. Si l'on essayoit quelque tems, pour
voir comme il profiteroit avec lui. Je suis
obligé à l'Ambassadeur du soin qu'il en a, & de
nous tous. Il me donne une bonne répri-
mande en sa lettre ; mais je crois que, s'il étoit
en ma place, il feroit d'autre opinion. Le petit Rupert est fort savant d'entendre tant de
langages. Le Comte de Manffeldt a donné six
pieces de canon, qui sont à moi, & qu'il a
laissé ici, au Roi de France, auquel j'ai écrit la
lettre dont je vous envoie copie, & aussi à lui.
C'est une grande effronterie : cependant, cela
me pourroit apporter préjudice : je ne sais comme
cela se raccommodera. Tournon est son ambassadeur, par lequel il fait tous les mauvais
offices qu'il peut à Mr. de Bouillon : c'est un
étrange compere. Je suis bien aise qu'il a encore tant de troupes sur pied. Vous ne me
mandez point que charge qu'il a, & si le Duc

C 3

Christian

Chriſtian eſt ſous ſon commandement. Coti-
tinuez toujours à aimer votre pauvre Celadon,
& aſſurez vous que ſes penſées ſont continuelles à ſon aſtre, & qu'il eſt juſqu'au tombeau,

Votre très-fidele ami,

& très-affectionné ſerviteur,

FRIDERIC.

De la Haye,
ce 18/28 Septembre 1622.

LETTER X.

A la Reine de Bohême.

MADAME,

JE ſuis arrivé hier entre une & deux heures
à Crevecœur : j'ai trouvé le Prince d'O-
range & le Comte Erneſt, qui s'en alloient vers
Enghien pour y faire quelques ouvrages. Mr.
Veer & Mr. Cecil m'ont accompagné juſqu'à
mon logis. J'ai vu tous les forts & ouvrages
qui ſont depuis ledit lieu juſqu'ici. Vers le
ſoir j'ai été à la parade des Anglois, deux

des

des compagnies de **Mr.** Veer & une de Mr. Cecil allant aux approches. Le logis du Prince étant tout **contre** j'y allai, où je le rencontrai, il me fit l'honneur de **me reconduire** en mon logis. Ce matin je fus avec **Mr.** Veer & **Mr.** Harwoot aux approches des Anglois, où ils font une galerie **pour** paſſer la contreſcarpe du petit **fort**; & ai dîné avec le Prince, où **Mr.** de Courtomer eſt arrivé. Son fils **avoit fait** appeller Mr. Detiot, **mais** ils ont été arrêtés. Hier ſur les onze heures du ſoir le feu s'eſt mis **au quar**tier de Mr. Cecil; ça été un **très**-grand **feu,** & preſque toutes les huttes de ſon régiment font brûlées. Le Comte de Bergues loge avec ſon armée à Loin & à Geprang, qui eſt à trois **heures** d'ici: j'eſpere qu'il **n'aura le** moyen de ſecourir la ville, encore **qu'il** faſſe force rodomontades. **Ce** font de très-grands ouvrages que le Prince **a** fait pour fortifier le camp. Demain j'irai voir les ouvrages du Comte Erneſt, & ce ſoir les approches des François. Ceux de la ville & des forts tirent fort peu. **Je vous** envoie ci-joint ce **que** Nederſol m'écrit: **il** ſemble qu'il **eſt** mal-content qu'on ne **lui** a fait ſavoir ce que Mr. Vanne a fait **ici.** Quand vous l'aurez lu, vous me le

pourrez

pourrez renvoyer par la premiere commodité.
Hier fut tué aux approches des Anglois un
des meilleurs ingénieurs, Omkais; & il y en
a deux de blessés. J'ai sujet de me louer de
l'honneur que tous ceux de votre nation me
font, principalement du bon Mr. Veer & Colonel Harwoot. Mr. de Bouillon m'a conduit depuis son quartier jusqu'à mon logis,
où a aussi été Mr. de Candale, & presque
tous les officiers de toute nation. C'est tout
ce que je vous puis mander de ce qui se
passe ici. Vous pouvez être assurée, qu'en tout
lieu où je serai, vous serez toujours parfaitement aimée de celui qui sera pour toute sa
vie,

Mon cher cœur,
Votre très-fidele ami,
& très-affectionné serviteur,

FRIDERIC.

Du Camp devant Bois le Duc,
ce $\frac{16}{26}$ de Juin 1626.

LETTER XI.

To the Queen.

MADAM,

SIR William Haward is so lately arrived, that I had not time to persuade him to return to England, because this fellow maketh such haste to the Hague. Charles Morgan is hurt, but very slight; so that it doth not hinder him from going abroad. I shall not forget to make Captain Cave press the meeting at Hamburgh, in England. There was not much material in his first relation; but it was so by want of his cyphers: the next, I hope, will be of more importance. My brothers both do behave themselves very well, for what I can see, and I hear nothing to the contrary. My brother Rupert needs one to look to his business. If your Majesty be informed by them that know what it is to be *honeste homme,* that Frederic Paul will be fit for it: he must not be neglected, or else we shall be troubled with such another ass as Roth is; for pedants recommend that which is

most

moft like themfelves. A filtie likewife hath made me keep my chamber this four or five days; fo that I have not yet feen the approaches; but this day I will take leave to do it, if the doctor which your Majefty hath chriftened do not ftop me. So I reft

Your Majefty's

Moft humble and obedient

fon and fervant,

C.

This ¹²⁄₂₂ Aug. 1627.

L E T T E R XII.

A la Reine de Bohême.

M A D A M E,

JE vous ai écrit hier & avant-hier; celle-ci eft pour vous dire, que le Comte de Berg eft venu ce matin avec toute fon armée vers nos retranchemens; mais il n'en a approché de guère plus près que de la portée du canon, dont on l'a fort falué. Il a donné l'alarme en tous les quartiers. Il me femble que fon

intention

intention a été de tâcher de mettre quelques
gens dans la ville ; mais il n'a trouvé le
moyen. Le pauvre Mr. de Move a été tué
en une escarmouche, & encore deux gentils-
hommes François dont je ne sais le nom : je
le regrette fort. Ledit Comte s'est retiré
d'ici vers son quartier, & je ne viens que
revenir, ayant veillé toute la nuit. Je vous
baise les cheres mains & la bouche par ima-
gination, & suis toute ma vie,

Madame,
Votre très-fidele ami,
& très-affectionné serviteur,
FRIDERIC.

Du Camp,
ce $\frac{4}{St. N}$ de Juillet 1629.

LETTER

LETTER XIII.

A la Reine de Bohême.

Mon tres-cher Coeur,

Je vous ai écrit devant mon partement de Francfort. Je suis arrivé Mardi à Oppenheim, qui ne resemble guère à ce que l'avez vu; la maison toute ruinée, la moitié de la ville brulée, Mercredi j'arrivai ici. Là où nous avons logé cela est encore assez bien entretenu; mais le bâtiment vis-à-vis n'a ni portes ni fenêtres, ni poesles, & pas une serrure en toute la maison; mais cela seroit aisé à raccommoder. J'avois cru que les Espagnols avoient fortifié quelque chose; mais je ne trouve pas qu'on puisse être seulement assuré de surprise; & Franckendal n'est qu'à quatre lieues d'ici; c'est pourquoi j'ai cru qu'il falloit jouer au plus sur, & suis résolu d'aller demeurer quelque tems à Mayence, où le Rhingrave & les gens du Roi m'ont octroyé de loger au chateau: il y fait plus plaisant qu'ici, & j'aurai plus souvent de vos lettres; je n'en ai point reçu la semaine passée. Je vais voir demain mon

frere;

frere ; de-là j'irai à Deux-Ponts, & retournerai par Mefenum : j'efpere pouvoir être Lundi de retour à Mayence. J'ai été une fois à la chaffe avec des levriers : croyez que je vous ai bien fouhaitée auprès de moi avec les chiens courans : j'ai pris deux lievres. Je vous envoie ci-joint ce que 124 [Roi de Suede] s'eft déclaré. Il femble qu'il veut tenir 121 [Roi de Bohême] auffi bas qu'il pourra ; tant pour 249, que parce qu'il voit qu'il eft aimé en 114 ; mais il ne pourra que ce que Dieu lui permettra. J'efpere que 238 [le Duc Hamelton] fera bientôt en 155 [Angleterre], & qu'il fera de bons offices à 121 [Roi de Bohême] qui n'a nulle nouvelle de 170 [Jaques Premier, Roi d'Angleterre] depuis qu'il eft parti de Nuremberg, encore qu'il lui avoit promis de lui écrire foigneufement : mais c'eft à l'accoutumée. Il m'ennuie ici, parce qu'on a fi peu de nouvelles de ce qui fe paffe. La garnifon de Worms a repris Fridelfum. Dans Franckendal la garnifon n'eft que de 800, dont il y a force malades : s'ils étoient affiégés, ils ne tiendroient. Le Feld-Maréchal Horn affiege Benfelt. Ce que le Roi fait, je ne le fais pas. Ceux de Heidelberg font fortis, & ont brûlé Doffenem & la moitié de

Schriffem

Schriffem fur la Bergftrafs : je ne fais qui leur réfiftera, n'y ayant fort peu de gens levés là autour. Si 124 [Roi de Suede] eût voulu, il eût pu dès long tems délivrer 158 de 186 [des gens de guerre] de 301 : il n'y a 210 [ville] tant tourmenté que celui de 121 [Roi de Bohême]. Il me tarde fort d'avoir de vo nouvelles. Maurice me mande que Charles a la petite verole : cela me met en peine. Dieu me les veuille tous conferver par fa grace, & me faire fi heureux de vous revoir bientôt, & d'avoir le moyen de vous témoigner combien je fuis,

> Mon cher unique cœur,
>
> Votre très-fidele ami,
>
> & très-affectionné ferviteur,
>
> FRIDERIC.

D'Alface,
ce 30 Sept.
———
10 Octobre   1631.

A la Reine de Bohême.

Mon tres-cher Coeur,

J'ai reçu hier votre lettre entre Achaffenbourg & ici, marchant avec le Roi de
Suede, qui continue à me traiter fort hon-
nêtement. Au refte, je ne fais à quoi j'en
fuis. Bien vois-je bien que 124 [Roi de
Suede] ne defire que 121 [Roi de Bohême]
aye. 186 [Roi d'Efpagne] difoit que, fi 121
[Roi de Bohême] en fefoit, cela ruineroit 199
de 124 [Roi de Suede]. Je ne fais donc à
quoi 121 [Roi de Bohême] fera bon, & pourquoi 124 [Roi de Suede] a defiré qu'il vienne.
S'il n'y avoit autre chofe à faire que ce que
vois encore, il fût mieux demeuré à 165. A
cette heure que le Roi va rencontrer 207
[Comte de Tilly, Général de l'Empereur], ou
vifiter 132 [Duc de Baviere], je fuis réfolu
de le fuivre, encore que le métier de volon-
taire eft bien fâcheux. Après cela, fi je ne
puis avoir réfolution, j'irai vers 181 de 155
[Angleterre], pour avifer ce que 121 [Roi de
Bohême] aura à faire. Je crains que je pourrai

être

être difficilement à la foire de Francfort, autrement j'aurai souvenance de l'étoffe que defirez ; cependant je ferai tout ce que je pourrai **pour** y être vers ce tems-là. La Reine eſt venue jufqu'à Achaffenbourg, **qui** eſt un des beaux lieux qu'on fauroit voir : **elle eſt** retournée **à** Francfort. Je ne crois pas qu'elle foit obligée de ne voir perfonne ; mais l'affliction la fait malade, & defirer de ne voir fouvent **compagnie. La** Landgrave de Darmſtadt n'eſt pas défagréable : **pour** fort grande beauté, je n'en ai vu de mon voyage. Pour la femme de mon frere, elle fe peut dire laide, mais fort bonne femme : **ils** ont été près du Roi à Steinum ; je ne fais **ce qu'ils feront.** Il s'étoit imaginé **de** la pouvoir incontinent mener en fon pays. Vous n'avez à craindre que, fi-tôt qu'il fe pourra que je fois en fureté en ce pays, je ne vous faſſe venir ; mais, pour dire vrai, j'y vois encore peu d'apparence. Si le donner **de** bataille **étoit ici, il** en parleroit bien. Dieu veuille, **s'il vient à** cela, que tout aille bien ! **Nous** avons eu hier une longue marche, & tout dans des **lieux** de montagnes : cela eſt caufe qu'on repofe aujourd'hui. Je vous ai écrit, & auſſi au Prince & Princeſſe, par le Comte de Solms : il me tardera de le favoir

arrivé,

arrivé, & ce qu'il a pour vous délivrer. Le
bon Mr. de Pleſſen eſt heureux d'être mort.
Je ſouhaiterois de pouvoir avoir quelqu'un qui
fût capable près les enfans. Je ne ſais ſi vous
penſez que Boniqua y fut propre; car, encore
qu'il eſt Luthérien, n'ayant rien à faire avec
leurs études, cela n'importeroit guère. Je ſuis
bien aiſe que Mr. Morgan eſt ſi gaillard, &
qu'il s'acquitte ſi **bien de ſa** charge : s'il étoit
avec **moi**, il jureroit bien, je m'aſſure, qu'il boit
ſouvent votre ſanté en ce bon vin d'Aï; je m'é-
tonne s'il eſt encore **amoureux**. Guſtaf Horn
a **été** vilainement ſurpris à Bamberg : ſon infanterie à été toute en déroute, mais ſe raſ-
ſemble près de lui. Le Roi de Suede étant
joint à lui, fait **état** d'avoir plus de 130 compagnies **de** cavalerie, ſans les troupes **de Ba-**
nier **& du** Duc Guillaume **de** Weimar, qui
ſont auſſi mandées. Pour l'infanterie, je n'en
ſais le nombre : ce qui eſt avec nous ſont cinq
régimens de vieilles troupes. Je ſouhaiterois
fort **le** Rhingrave près de moi. Le Roi de
Suede diſoit hier que, s'il étoit près de lui, il
en feroit un honnête homme. Si 116 eût
voulu octroyer à 121 [Roi de Bohême] ce
qui lui avoit été repréſenté par Honiwood,
ce fût été pour ſon honneur, & le bien de

être difficilement à la foire de Francfort, autrement j'aurai souvenance de l'étoffe que desirez ; cependant je ferai tout ce que je pourrai pour y être vers ce tems-là. La Reine est venue jusqu'à **Achaffenbourg, qui est** un des beaux lieux qu'on sauroit voir : **elle est** retournée à Francfort. Je ne crois pas qu'elle soit obligée de ne voir personne ; mais l'affliction la fait malade, & desirer de ne voir souvent compagnie. **La** Landgrave de Darmstadt n'est pas défagréable : **pour fort** grande beauté, je n'en ai vu de mon voyage. Pour la **femme** de mon frere, elle se peut dire laide, mais fort bonne femme : ils ont été près du Roi à Steinum ; **je ne sais ce qu'ils feront. Il** s'étoit imaginé **de la** pouvoir incontinent mener en son pays. Vous n'avez à craindre que, si-tôt qu'il se pourra que je sois en sureté en ce pays, **je** ne vous fasse venir ; mais, pour dire vrai, **j'y** vois encore peu d'apparence. Si le donner **de** bataille étoit ici, **il** en parleroit bien. Dieu veuille, **s'il** vient **à** cela, que tout aille bien ! **N**ous avons eu hier une longue marche, & tout dans des lieux de montagnes : cela est cause qu'on repose aujourd'hui. Je vous ai écrit, & aussi au Prince & Princesse, par le Comte de Solms : il me tardera de le savoir

arrivé,

arrivé, & ce qu'il a pour vous délivrer. Le bon Mr. de Pleſſen eſt heureux d'être mort. Je ſouhaiterois de pouvoir avoir quelqu'un qui fût capable près les enfans. Je ne ſais ſi vous penſez que Boniqua y fut propre ; car, encore qu'il eſt Luthérien, n'ayant rien à faire avec leurs études, cela n'importeroit guère. Je ſuis bien aiſe que Mr. Morgan eſt ſi gaillard, & qu'il s'acquitte ſi bien de ſa charge : s'il étoit avec moi, il jureroit bien, je m'aſſure, qu'il boit ſouvent votre ſanté en ce bon vin d'Aï ; je m'é-tonne s'il eſt encore amoureux. Guſtaf Horn a été vilainement ſurpris à Bamberg : ſon in-fanterie à été toute en déroute, mais ſe raſ-ſemble près de lui. Le Roi de Suede étant joint à lui, fait état d'avoir plus de 130 com-pagnies de cavalerie, ſans les troupes de Ba-nier & du Duc Guillaume de Weimar, qui ſont auſſi mandées. Pour l'infanterie, je n'en ſais le nombre : ce qui eſt avec nous ſont cinq régimens de vieilles troupes. Je ſouhaiterois fort le Rhingrave près de moi. Le Roi de Suede diſoit hier que, s'il étoit près de lui, il en feroit un honnête homme. Si 116 eût voulu octroyer à 121 [Roi de Bohême] ce qui lui avoit été repréſenté par Honiwood, ce fût été pour ſon honneur, & le bien de

Duc de Baviere ont emporté les meilleurs portraits. Hier vint un meſſager de la Baſſe-
Saxe, qui dit que Papenem auroit été défait
par le Général Tot & le Duc Franſlarl, &
qu'il étoit bloqué dans Stade : d'autres diſent
tout le contraire ; ainſi que nous ſommes entre
eſpérance & crainte. 124 [Roi de Suede] ne
ſe fie trop à 129, y ayant beaucoup de fami-
liarité entre 209 [Walſtein, Général de l'Em-
pereur] & 244 [Arner.] Je n'oſe tout écrire,
cela étant trop dangereux ; c'eſt pourquoi je
mande ſeulement les choſes paſſées. Le Roi
eſt encore incommodé de la roſſe ; mais cela
s'amende, & il fait marcher & aller à cheval.
C'eſt un brave prince ; on ne s'ennuie pas près
de lui : Dieu nous le veuille conſerver ! Je
ſuis bien aiſe que mes lettres vous ſont ſi
bien rendues, & que les portraits que je vous
ai envoyé par le Comte de Solms vous ont
été agréables. Vous êtes fort obligée au Roi
votre frere de la ceſſion qu'il vous a faite de
l'héritage de votre grand'mere ; vous faites
fort bien d'y employer Mr. Avery ; il eſt très-
honnête homme. Si 214 avoit demandé con-
ſeil à 121 [Roi de Bohême], il n'eût fait cette
propoſition à l'181 de 116. Je ſuis pas marri
qu'il n'eſt avec 121 [Roi de Bohême]: je crois

qu'il

qu'il fuivra la femme de 124 [Roi de Suede] :
il eût mieux fait de demeurer à 204 [Berlin].
Je crains que 118 [Roi de France] amufe
140 [P. d. Berg], pour l'empêcher d'aller en
campagne, par quelque traité : il feroit bien
bon qu'il y fût déjà, car comme cela, 131
[l'Infante] peut envoyer tant de 186 [gens
de guerre] qu'ils veulent. Vous aurez fu la
mort de Tilly & du pauvre Marquis de Baden,
en même jour. Alteringer fe remet à ce qu'on
dit. Je fuis bien aife que t'aye éclairée des
faux rapports qu'on avoit fait. Je fouhaiterois que 29, 10, 25, 70, 55, d'31 eût autant d'efprit que de fidélité, j'en ferois très-
bien fervi. Je me réjouis fort de l'heureux
accouchement de la Princeffe d'Orange ; je
vous prie de lui témoigner de ma part, &
que je fouhaite qu'au bout de l'an elle puiffe
accoucher auffi heureufeument d'un fils. Je
fouhaiterois fort de pouvoir être feulement un
jour en la bonne compagnie que vous avez.
Je vous prie, mandez-moi fi le neveu de
226 eft toujours d'auffi bifarre humeur que
du paffé. Je m'étonne que Bratus n'eft venu
avec la Comteffe de Lewenftein. Je vous
affure que je me réjouis extrêmement de voir
que le Roi votre frere vous témoigne tan

 d'affection,

d'affection, & que vous & Nederſol m'aſſurez
qu'il eſt ſatisfait de moi : Dieu ſait que je
ſerois très-marri de lui déplaire, & que je
mets en oubli les bienfaits qu'avons reçu de
lui, que je fais retentir partout. Pour les
traités entre 116 & 124 [Roi de Suede], je
crois que, ſi 181 vouloit, on obtiendroit choſes
raiſonnables : mais il ſemble qu'on y procede
comme avec celui de 154 [Eſpagne] ; mais
on n'a pas l'affection d'avancer celui avec 124
[Roi de Suede] comme l'autre. Je crois bien
que Nederſol feroit de bons ſervices à 116
& à 121 [Roi de Bohême] : il ne ſeroit pas
beſoin qu'il fût qualifié Ambaſſadeur, mais
Réſident ; car alors il pourroit avoir plus d'ac-
cès, & mieux ſuivre 124 [Roi de Suede].
Mais l'autre propoſition avec le frere de 17,
10, 31, | 12, 44, 32, je n'approuve nul-
lement : il eſt parti de mauvaiſe grace, & un
frere & une ſœur en une même maiſon, & de
leur humeur, ne feroient rien qui vaille ; vous
en ſeriez bientôt laſſe, & après ne ſauriez
comment en être quitte. Je crois qu'il vaudroit mieux de laiſſer la place vacante pour
quelque tems. Je ſuis bien aiſe que Rupert
eſt en vos bonnes graces, & que Charles fait
ſi bien : certes ils me ſont fort chers tretous ;

Dieu

Dieu me faſſe ſi heureux de pouvoir vous
bientôt revoir tretous ! Je vous prie de faire
mes baiſemains à Madame la Princeſſe de
Bouillon, notre Reine, Madame Arange : je
ſuis bien marri que ſon fils ne ſe remet encore. Je veux eſpérer qu'avant que receviez
cette lettre le Prince ſera ſorti en campagne.—
Ayant écrit juſqu'ici, le Marquis de Hamelton eſt arrivé, & avec lui Houne, qui m'apporta votre chere lettre. J'ai vu la ceſſion
du Roi votre frere. Il vous témoigne beaucoup d'affection ; cela me réjouit fort, & encore plus de voir la vôtre, en ce que deſirez
l'employer pour mon bien : je ne vous en ſau-
rois aſſez remercier ; mais je ſouhaiterois que
puiſſiez avoir cet héritage, & le mettre à
rente, & d'icelles payer vos dettes peu-à-peu,
ne deſirant rien de vous, ſinon que vous m'ai-
miez toujours autant que je vous aime. Vous
pouvez être bien aſſurée que nulle abſence ne
refroidira jamais mon amour, qui eſt bien
parfait. Je ſouhaiterois que votre fille devînt
bien belle, & que je puſſe trouver quelque
bon parti pour elle: le Comte Maurice ne
ſera bien aiſe d'avoir le Comte de Hanau pour
rival. Je penſe que ni l'un ni l'autre ne
l'aura, & que Mr. Hautin la garde pour ſon

D 4

fils.

fils. Pour celles de Crafs, je crois qu'elles
fe changeront bientôt, & qu'elle aura bientôt
un autre ferviteur. Il eft bien honnête homme;
je ferai bien aife de faire pour lui. Je ne fau-
drai d'écrire **au Prince** fi-tôt qu'il me fera
poffible. **Je** fuis venu **ce** matin avec le Roi en
la belle maifon de mon bon coufin. Le Marquis de Hamelton l'admire, dit n'avoir jamais
rien vu de plus beau : il a fait amener le
meilleur, mais il y a encore force belles chofes,
mais qui **ne** peuvent être aifément amenées :
encore que cela ne feroit, 121 [Roi de Bohême]
n'en auroit rien. 124 [Roi de Suede] eft encore en doute s'il pourra maintenir cette
place ; elle eft fort bien **fituée.** Si on avoit
le tems, on pourroit la rendre fort bonne : il
y a déjà quelque commencement. C'eft un
lieu fort délicieux, & près à toute forte de
chaffe : il y a force gibier. Mr. Waacke
m'avoit envoyé fon fecrétaire, mais toutes fes
lettres ont été prifes en chemin : mais, autant
qu'il **me** dit, il femble que c'eft pour l'affaire du frere de 133 [Duc de Saxe] pour
126 [Electeur de Mayence] : mais 124 [Roi
de Suede] n'en démordera aifément ; il dit
que **le** Pape l'approuve. Je fuis bien aife
que 118 [Roi de France] eft plus affectionné

à 121 [Roi de Bohême] que du passé. J'avois commencé cette lettre hier ; je finirai, vous assurant que je suis parfaitement, & que je serai toute ma vie,

Mon cher unique cœur,

Votre très-fidele ami,

& très-affectionné serviteur,

FRIDERIC.

De Munich,
ce 17 Mai 1632.

———

LETTER XVI.

A la Reine de Bohême.

MON TRES-CHER COEUR,

JE vous ai écrit le 11 de ce mois de Donawert : nous sommes partis de-là le 14, & arrivés le soir à Ditfurt, le 15 à Flimfeld, & hier je suis venu en cette ville à diner avec le Duc Franflarl & le Duc de Holftein. Le Roi est marché jusqu'à Swabach, & ce soir il sera à Firt, une lieue d'ici. Je crois qu'il passera par l'Evêché de Bamberg, allant au secours de 129, qui a perdu Prague : je pense aller avec lui,

pour

pour voir ce que Dieu voudra envoyer pour mon bien. J'ai vu ici votre cousine, la femme du Duc Auguste; j'ai soupé hier avec elle: c'est une bonne princesse; elle a le tein assez beau, mais au reste il n'y a pas d'excès. Tout à cette heure je viens de recevoir deux de vos lettres du 1 & 3 de ce mois. Je me réjouis bien fort des heureux progrès du Prince d'Orange. On mande de Cologne qu'il a assiegé Mastrick, & que 150 s'est retiré à Liege. Catringue sera **bien** aise, **car** à cette heure elle le pourra voir plus souvent. Je vous prie me mander qui aura la charge du Comte Ernest, & ce que vous apprendrez du sujet de l'envoi de Mr. de St. Chaumont. Je **suis** marri **que** Dupont n'a rien **pu** obtenir **en** France. 238 [Duc de Hamelton] m'avoit déjà dit le mariage du fils de 176: c'est pour cela que le frere a été fait grand d'154 [Espagne.] L'avarice regne bien en ces quartiers: je trouve pas que 122 [Reine de Bohême] a de sujet de souhaiter de l'heur à cela. Mr. Vanne n'est pas ici: il sera bien réjoui d'être grandpere. Il a écrit ces jours passés une lettre fort impérieuse à 121 [Roi de Bohême]: je ne puis croire que 176 lui a donné cette charge. 121 [Roi de Bohême] ne lui a pas récrit, mais fait dire de bouche,

bouche, qu'il avoit toujours porté tout refpect à 121 [Roi de Bohême], qu'il le feroit
encore à l'avenir, & qu'il feroit marri de lui
donner jufte fujet de mécontentement. S'il
avoit telle commiffion, pourquoi ne l'a-t'il
montrée à 121 [Roi de Bohême] à Aufbourg?
Il y a d'étranges gens autour de 116. Il y
a un étrange article dans les points à traiter
avec 124 [Roi de Suede], qu'icelui n'a jamais
defiré. C'eft que, fi 116 manquoit à donner
192 promis à 124 [Roi de Suede], le 210 lui
demeureroit en gage pour cela. J'ai dit à
170 [Jacques Premier, Roi d'Angleterre] que,
fi cela étoit mis, 116 défobligeroit fort 121
[Roi de Bohême], qui, en tel cas, aimeroit
mieux que 116 ne traitât pas pour 121 [Roi
de Bohême]. Il a promis qu'il n'en fera mention : vous ne ferez mal d'en toucher un mot
à Nederfol, fi me comprenez. Je crains que
176 n'eft pas notre ami: je fuis bien affuré
que Madame de Bouillon nous fouhaite beaucoup de bien. Je ne fais encore à quoi 238
[Duc de Hamelton] fe réfoudra: il eft après
à reformer fon train: je crois qu'il fuivra le
Roi encore quelque tems. Si le traité fût
venu à une conclufion, 124 [Roi de Suede]
étoit réfolu d'envoyer 179 en Angleterre: il a

peu

peu de gens capables, & ne se fie à tous. Il
me tarde de savoir ce qu'Avery aura fait en
vos affaires. Je serai fort aise d'avoir les portraits de mes enfans: je souhaite que je les
puisse recevoir sûrement: jusqu'ici les postes
vont bien: j'espere qu'ils deviendront fort
honnêtes gens. J'ai vu aujourd'hui la vieille
Marquise d'Anspach qui est de Lunebourg.
Simon me sert bien, & mes autres valets de
chambre; mais mes laquais ne valent guère,
& Vtenhoven fort plein de poux. Je vois
que la richesse vient au grand pas à Crommel:
il ne pourroit mieux faire que d'épouser la
veuve. J'espere de voir à ce voyage Madame
ma mere. Je m'étonne que les Moscovites
demeurent si long tems à la Haye. Si les
Etats les défrayent encore, cela leur doit cou-
ter bon. Henderson m'a apporté votre lettre:
il est bien fou d'être parti de Hollande. Je
le trouve aussi gentil que du passé: il ne lui
manque que le petit Apsle pour gouverneur,
& Rogier pour précepteur. Je ne sais ce que
j'en dois faire, & comment m'en défaire. On
dit que Papenheim vient pour joindre le Duc
de Baviere; je crains que l'armée sera en
grande nécessité de vivres jusqu'à ce qu'elle
vienne au pays de 129. Je vous écrirai le
plus

plus fouvent que je pourrai : mes penfées font bien continuellement à vous, que j'aime de tout mon cœur, comme étant,

Mon cher & unique cœur,

Votre très-fidele ami,

& très-affectionné ferviteur,

FRIDERIC.

De Nuremberg,
ce 7/7 Juin 1632.

*** Extrait d'une lettre de 181 a 121 [Roi de Bohême]. [Il fera 170—Jacques Premier, Roi d'Angleterre]. Je ne fais fi 124 [Roi de Suede] ne pourroit faire le traité en mon abfence ; mais en tel cas j'ai commandement exprès de 116, que 121 [Roi de Bohême] ne faffe aucun accord fans mon fu avis & confente-ment. A B ce mon.

LETTER

LETTER XVII.

A la Reine de Bohême.

MON TRES-CHER COEUR,

J'AI reçu hier votre lettre du 1er de Juillet; je me réjouis d'y apprendre votre santé & de tous nos enfans. Si le Prince prend Maftrick, **les** affaires des Espagnols feront en mauvais état. Nous avons l'armée du Duc de Fridland & du Duc de Baviere bien près d'ici: hier ils ont pris Swabach, qui n'eft qu'à deux **lieues** d'ici. Je ne crois pas qu'ils nous attaquent ici, l'armée étant bien retranchée: j'efpere que cette armée fe confumera fort en ce pays, où il y a peu de vivres. Cependant celle du Roi de Suede s'augmente de tous côtés. Je fus hier avec lui pas loin de Swabach, avec la plupart de fa cavalerie, vers où marchoit l'armée de l'ennemi. Il y envoya quatre compagnies pour les attirer vers nous: mais il ne fe font engagés, ainfi que fommes retournés fans rien faire. Je crois que demain ils viendront plus près d'ici. Cela rendra les chemins fort mal-furs; & je crains que vos

lettres

lettres & les miennes feront interceptées, ſi
ce n'eſt que le Duc de Fridland ſoit ſi honnête de nous les envoyer. Je l'ai toujours fort
ouï eſtimer pour ſa courtoiſie ; toujours il a
été fort honnête envers ma ſœur l'Electrice
de Brandebourg. Ce ſoir Bercka eſt arrivé ;
il a été long-tems en chemin : je crois qu'il a
trouvé le vin du Rhin ſi bon qu'il n'en a
pu partir. Ce que ſera de l'affaire de 170
[Jacques Premier, Roi d'Angleterre], je ne ſais
pas : il ſemble que cela procede aſſez froide-
ment de part & d'autre. 124 [Roi de Suede]
a caſſé avant-hier le Colonel Hebron, & a
donné ſon régiment à un qui a été autrefois
ſon Lieutenant-Colonel ; il s'appelle Phul.
J'en ſuis marri ; car il eſt brave homme, mais
un peu opiniâtre : cela a été cauſe de ce dé-
ſaſtre. Je n'oſe mander les particularités. Si
les ennemis viennent, ce ſera un combat
comme du tems d'Amadis de Gaule, car les
dames pourront être ſur les tours, & voir
combattre. Le Marquis de Culenbac avec
ſon fils aîné eſt arrivé ici : ſa femme étoit
venue à une journeé près d'ici : mais il ne l'a
oſé faire venir à cauſe que les chemins ſont
mal-ſurs. Je crains que je ne recevrai le reſte
des portraits de mes enfans : j'ai reçu ceux

des

des deux aînés : il me tardera fort d'avoir les autres. Je ne ferai cette-ci plus longue, finon pour vous affurer que je ferai toute ma vie,

Mon cher unique cœur,

Votre très-fidele ami,

& très-affectionné ferviteur,

FRIDERIC.

Du Camp près de Nuremberg,
ce $\frac{11}{21}$ Juillet 1632.

LETTER XVIII.

A la Reine de Bohême.

MON TRES-CHER COEUR,

DEPUIS ma derniere du 16 de ce mois il ne s'eft paffé grand chofe : l'armée ennemie eft à une lieue d'ici ; ils nous font pas grand mal, & nous à eux. L'autre jour les Crabates prirent un Capitaine de cavalerie, lequel le Duc de Fridland renvoya incontinent fans ranfon, & lui donna un cheval. Il a dit qu'il fouhaitoit la paix en Allemagne : elle feroit bien à defirer ; car ce pauvre pays pâtit fort, & les miferes augmentent de jour en jour.

Ledit Duc est fort honnête : il n'a encore mis garnison dans Anspach, & ses gens achetent le pain là. Les Crabates tourmentent nos fourageurs : hier ils en attraperent quelques-uns ; ils étoient 24 compagnies. Le Roi sortit avec quelques regimens de cavalerie pour leur couper le chemin de leur armée ; mais le pays est si plein de bois & montagneux qu'ils se sont sauvés avec perte d'environ 50, entre lesquels est un Baron Bohêmien Vratislauf, un petit bossu. Je fus dehors avec le Roi : nous sommes revenus ce matin après les deux heures, ayant marché à aller & venir plus de huit lieues sans repaître. Au reste, nous n'avons faute de rien ici, & je crois que ceux qui croyent nous affamer en pâtiront. Je confesse que je m'ennuie bien ici ; principalement parce que je ne puis si souvent avoir de vos nouvelles : je ne sais si cette-ci pourra passer. Aujourd'hui le Roi a eu nouvelle d'Ausbourg, que Banier avoit repris Fridberg, qui s'étoit révolté après la venue de Cratz en Baviere ; qu'il avoit fait tuer force bourgeois, & brûlé la ville. Il étoit allé vers Lansperg, qui avoit chassé la garnison du Roi. Cratz y doit être : ses cruautés & brûleries ne me plaisent point. Je fus avant-hier chez la

Marquise

E

Marquife d'Anfpach ; j'y ai vû auffi la veuve
du Comte de Hens Wilhem : je ne la trouve
pas changeé. Toutes ces dames fouhaitent
fort de vous voir en Allemagne : Dieu veuille
que cela puiffe être bientôt ! Cependant vous
pouvez être affurée que je vous aime de tout
mon cœur, & que mes penfées font continuellement à vous. Je n'ai eu cette femaine de
vos lettres ; je crains qu'elles feront interceptées, avec les portraits de mes deux filles, de
quoi je ferois bien marri. Les chemins font fi
mal-furs, que je ne vous ofe écrire davantage
pour cette fois ; je vous affurerai donc feulement que je ferai toute ma vie,

  Mon cher unique cœur,

   Votre très-fidele ami,

   & très-affectionné ferviteur,

     FRIDERIC.

Du Camp près de Nuremberg,
 $\frac{2}{1}$ Juillet 1632.

LETTER XX.

A la **Reine** *de Bohême.*

MON TRES-CHER COEUR,

JE n'ai point eu de vos lettres depuis la derniere du 4 de ce mois ; j'espere que la mienne du 16 sera passée, mais **ma** derniere du 23 est demeurée, parce **que les** marchands n'ont pu faire passer leurs lettres. Tout à **cette heure** on me fait espérer qu'on pourra les envoyer par la voie de Leipsick : cela me fait **écrire encore** celle-ci au hasard, pour vous témoigner que mes pensées sont bien à vous, & vous assurer que tout continue ici en bon état ; on **n'a** encore faute de rien. Le Duc **de** Fridland a envoyé, **à** ce que disent les prisonniers, quelques régimens vers Bamberg. Il semble qu'ils craignent **que le** Duc de Weymar prenne son chemin vers là. Nous n'avons nulle nouvelle de ce qui **se** fait au Palatinat, ni en vos quartiers : le Chancelier est avec son armée à Wirtzbourg. Il m'ennuie fort ici, car l'ennemi est coy, & **nous** aussi. J'ai eu encore des lettres de Madame ma mere, du 24 du mois passé ; elle étoit sur les frontieres de Pologne : j'ai perdu toute espérance de

la

la voir cette année. L'affaire de 170 **eſt toute**
rompue ; il eſt venu avec de nouvelles propoſitions : cela a fait croire à 124 [Roi de Suede],
qu'il ne le feſoit **que** pour tirer en longueur ; &
ſur **cela a remis l'affaire à un** autre tems. Vous
pouvez penſer ſi cela eſt pour le bien de 121 [Roi
de Bohême], qui eſt après pour ſavoir à quoi
il en eſt. Le Marquis de Lulenbach eſt ici,
j'ai été hier dîner avec lui ; il me témoigne
beaucoup d'affection. Le Duc de Fridland eſt
fort courtois, **il a** renvoyé le Colonel de Dra-
gons Tubadel. Je crois que **l'Ambaſſadeur**
Vanne ira bientôt à Ulm ; il veut demander
paſſeport. J'aurois beaucoup à vous écrire,
mais les chemins **ſont** trop mal-ſurs : cela
m'eſt bien fâcheux, que je **ne** puis avoir de
vos nouvelles : Dieu me les veuille bientôt
donner bonnes, & me donner le contentement
de vous revoir bientôt, & de vous pouvoir
témoigner combien je ſuis,

Mon cher unique cœur,

Votre très-fidele ami,

& très-affectionné ſerviteur,

FRIDERIC.

Du Camp près de Nuremberg,
ce 18/28 Juillet 1632.

LETTER

LETTER XXI.

Mon tres-cher Coeur,

La derniere de vos lettres a été du 4 Juillet; depuis je n'en ai point reçu, n'étant venu nul ordinaire de Francfort, les chemins étant mal-furs, à caufe des courfes des Crabates. Je vous ai écrit le 23 & 30 du paffé : on m'a fait efpérer de les faire paffer d'ici. Je ne vous ofe mander ce que je voudrois ; feulement vous dirai-je que tout fe porte bien ici, où nous n'avons faute de rien, & les ennemis auront à la longue de la peine d'entretenir leur armée. Nous croyons le Duc Guillaume, Landgrave de Heffen, & Général Banier joints au Chancelier : cela étant, j'efpere que tout ira bien. Ceux de Nuremberg empruntent de l'argent de la Bourgeoifie ; on tient que cela montera à cent mille R. taler : ils le fourniffent au Roi de Suede, qui leur donne des biens de Teuchmeifter, & auffi en l'Evêché de Bamberg : ainfi ils partagent la peau avant que l'ours foit pris. 121 [Roi de Bohême] eft en autant d'incertitude que jamais.

jamais. Je vous ai déjà mandé que 170 n'a rien fait; il voudroit partir, mais 140 [P. d. Berg] desire qu'il attende encore quelques jours: il est fort en impatience. Le tems me dure fort ici, car il ne se passe rien, l'ennemi demeurant tout coy: on a tous les jours des prisonniers, qui disent qu'il y a force malades en leur armée. Croyez qu'il me tarde bien d'avoir de vos lettres; & je ne trouve rien si fâcheux ici, que d'avoir si peu de nouvelles. Banier mande au Roi que Maftrick seroit pris, de quoi je serois fort aise. Les gazettes disent que le Comte Le-vefton & Colonel Morgan y auroient été blef-fés; j'en suis marri, leur voulant beaucoup de bien à tous les deux. Je m'étonne s'ils font meilleurs amis que du passé. Je vois quelquefois les deux Marquises d'Anspach: la plus jeune est encore fort belle femme, & a fort bonne mine. Je vois aussi votre cou-sine la Princesse Palatine, qui est fort bonne femme: toutes souhaitent fort de vous revoir en Allemagne, mais personne tant que moi: Dieu veuille que ce puisse être bientôt! Le Marquis de Lulenbach est encore ici; il vou-droit bien partir, mais ne peut pas passer: Madame sa femme est allée à Presen. J'es-

pere

pere d'avoir dans peu de jours plus sure commodité pour vous écrire ; c'est pourquoi je ne
serai celle-ci plus longue, sinon pour vous
assurer qu'êtes toujours parfaitement aimée de
celui qui sera toute sa vie,

Mon cher unique cœur,

Votre très-fidele ami,

& très-affectionné serviteur,

FRIDERIC.

Près de Nuremberg,

ce $\dfrac{28 \text{ Juillet}}{8 \text{ Août}}$ 1632.

LETTER XXII.

To the Queen.

MADAM,

THE King seeth daily more and more how
he is abused, and therefore will hasten
his treaty with France as much as he can;
and I doubt not you know he hath sent his
Plenipotentiaries ten days ago. I could wish
to know how things stand in Westphalia, and

E 4

if

if the Swedes or the Landgrave of Hesse desire the King's assistance, which he promiseth
them by Avery; why do they not offer him
them places there, which they are not able to
maintain? I beseech your Majesty to let me
know if it be true what they say here, that
the States are raising 120 companies of foot,
and 25 of horse, which putteth Ferents in
fear, that during his absence they will ca-
shier his regiment. I hope your Majesty will
intercede for him, that his being with me
may be no hindrance of his own fortune.
I fear he will desire to go over, if the Prince
do not command him to stay; and assure
him that he shall get no prejudice by it:
I wish it may be done speedily. Concerning
my brother Rupert, M. de Soubise hath
made overture, that with your Majesty and
your brother's consent, he thinks M. de Rohan
would not be unwilling to match him with
his daughter. The King seemeth to like of
it; but he would have your advice and consent in it. I think it is no absurd proposition, for she is great both in means, and birth,
and of the religion. I will leave to others
to write of the Spanish Ambassador's audience,

dience, and of the money bufinefs, which is not buried yet.

Your Majefty's
Moft humble and obedient
fon and fervant,
CHARLES.

Oatlands,
this $\frac{15}{5}$ of September 1632.

- - -

L E T T E R XXIII.

A la Reine de Bohême.

MON TRES-CHER COEUR,

VOTRE chere lettre du $\frac{13}{23}$ Septembre m'a été fort bien rendue ce matin : je fuis bien aife de voir que paffez fi bien le tems à la chaffe. Croyez que je me fouhaite bien auprès de vous, mais mon malheur ne le permet encore. Vous verrez par le papier ci-joint ce que le Roi de Suede s'eft déclaré, qui n'eft pas grand'chofe. Cela eft traduit du Latin. Je fuis affez incommodé, n'ayant point de fecrétaire. J'envoie Dingen vers lui

aveo

avec une lettre, pour le prier d'être content de ma précédente déclaration, ou de me rendre mon pays, comme il a fait à mon frere. S'il ne veut ni l'un ni l'autre, je ne fais ce que je dois faire. **Je fus** hier à Hanau à dîner; le Landgrave & Madame fa femme y étoient; elle fouhaite fort de vous voir en Allemagne. Je me réjouis que les affaires vont fi bien en vos quartiers. **On** parle fi diverfement de ce que le Roi fait, que je ne **faurois** vous **en dire** de certitude; il femble qu'il a féparé fon armée : on dit qu'il eft allé vers Nuremberg avec une partie, & le Duc Bernard vers Sweinfort avec l'autre. Je penfe aller dans peu de jours à Alfen, où je ferai bien folitaire. La foire eft fort petite ici. Je ne vois point qu'ayons aucun fujet de prendre le fils de la Duchesse de Canfperg, mon neveu donne déjà affez d'incommodité. Je crois que 140 [P. d. Berg] fouhaiteroit bien ces deux dames de retour chez elles : mandez-moi fi elles font encore défrayées. Je m'étonne pourquoi vous n'avez plutôt logé Dingle en la commanderie, où il y a affez de place, que fi près de votre fille, & du quartier des femmes à la Haye : il fe peut bien contenter de la chambre qu'a eue Afbornheim. Vous

favez

favez bien mon humeur en cela, que je n'aime point que l'on donne fujet au monde de cau-fer ; mais je fais bien votre façon, que vous ne pouvez rien refufer.   Je ne dis pas qu'on le doive changer pour cette fois, mais bien une autre.   Je ferai bien aife d'avoir les portraits des Colonels.   Le Marquis Hamelton eft en-core ici ; il a attendu ici pour favoir ce que le fecrétaire Cùrtius portera à fon maître : cela me fait encore différer d'envoyer vers 116 & 140 [P. d. Berg].   Je dépends beaucoup en ce pays, fans rien avancer en mes affaires ; cela me fâche bien, & de voir mes pauvres fujets en fi mauvais état : Dieu veuille chan-ger le tout en mieux, & me rendre fi heu-reux de vous pouvoir témoigner combien je fuis,

Mon cher cœur,

Votre très-fidele ami,

& affectionné ferviteur,

FRIDERIC.

Quand vous aurez vu ces articles, je vous prie de les envoyer à Maurice.

De Francfort,

ce $\frac{2}{\text{St. N.}}$ Octobre 1632.

LETTER

LETTER XXIV.

A la Reine de Bohême.

MON TRES-CHER COEUR,

JE ne puis laiffer paffer aucune commodité fans vous écrire, encore qu'il n'y a pas grand'chofe qui mérite. Le Marquis Ha-melton eft parti hier pour Angleterre, où j'efpere qu'il nous rendra de bons offices près du Roi ; toujours s'eft-il témoigné fort af-fectionné en tout ce qui nous touche. Je lui ai donné à fon partement mon George que m'avez donné : je m'affure que jugerez qu'il eft bien employé. Il a defiré que je lui donnaffe mon portrait pour mettre der-riere ; je vous envoie la mefure : je vous prie de le faire faire par le petit peintre, & le lui envoyer de ma part : Maurice le paiera. Du-pont ne m'a guère obligé, de dépendre plus de deux mille florins en France : je crois que j'en ai l'obligation à fa femme. Je fuis fur mon partement pour Alfen. Il m'eft tombé une défluxion fur l'oreille gauche, qui m'in-commode l'ouie ; Dieu veuille que cela n'em-pire ! Je ferai diete quelques jours à Alfen,

pour

pour voir fi cela m'aidera. On eft ici en apprehenfion de Papenheim, mais je veux ef-pérer qu'il ne pourra rien effectuer, l'hiver étant proche : mais les Comtes de la Wet-tera auront à pâtir, à ce que je crains. Je me fouhaite fort près de vous. J'enverrai bientôt quelqu'un vers 140 [P. d. Berg] & 116 : je fouhaite qu'ils faffent quelque chofe pour 121 [Roi de Bohême]. Je m'ennuierai furieufement à Alfen, ou je ferai fort folitaire. Je ne manquerai de vous écrire de-là toutes les femaines, & croyez que mes penfées font continuellement à vous, que j'aime de tout mon cœur ; je vous prie de faire de même, & je ferai toujours,

Mon cher cœur,

Votre très-fidele ami,

& très-affectionné ferviteur,

FRIDERIC.

De Francfort,
ce 26 Septembre,
— 1632.
6 Octobre

Je vais monter en coche, je ferai ce foir à Oppenem.

LETTER XXV.

A la Reine de Bohême.

Mon tres-cher Cœur,

LE Baron de Rupa vous allant trouver, je l'ai voulu accompagner de cette-ci, encore que je ne vous ai écrit qu'hier. Je vous envoie par lui un petit coffre d'agate, que ma sœur la Duchesse m'a prié de vous envoyer, & des petits gouppes, de la part de M. son mari. Je crois que, s'ils eussent eu quelque chose de meilleur, ils l'eussent envoyé volontiers. Croyez que je vous aime parfaitement, & que mes pensées sont continuellement à vous, de qui je serai toute ma vie,

> Mon cher unique cœur,
> Votre très-fidele ami,
> & très-affectionné serviteur,
> FRIDERIC.

De Mayence,
ce $\frac{20}{30}$ Octobre 1632.

A la Reine de Bohême.

MON TRES-CHER COEUR,

VOTRE chere lettre du 4 de ce mois m'a été fort bien rendue Samedi au soir. Ce m'eft bien du contentement que les poftes vont de rechef, & que je puis avoir souvent de vos nouvelles. Je suis bien aise qu'avez vu 203 : 122 [la Reine de Bohême] a fort bien fait d'écrire. Par lui ai su qu'avez envoyé mon portrait à 238 [Marquis Hamelton], de qui je n'ai nulle nouvelle depuis qu'il eft parti. 203 eft parti satisfait de 140 [P. d. Berg], à qui je vous prie de témoigner que ç'a été beaucoup de contentement à 121 [Roi de Bohême], de voir par-là la continuation de son affection. Je vois que 140 [P. d. Berg] ne désapprouve que 121 [Roi de Bohême] aille à 165 ; mais le pourvu y annexé n'a peu de difficulté : il faudra attendre ce que 116 conseillera. Toujours je puis affurer que, pour le contentement de 121 [Roi de Bohême], il ne demeureroit huit jours en 151 [Mayence], en étant extrêmement las. Enfin Dinguen eft revenu : je vous envoie co-

pic

pie de la réponse qu'il m'a apporté, où je vois qu'il se déclare ne desirer retenir rien de mes biens, & qu'il est content que ce qu'il y a d'obscur aux articles soit expliqué, & qu'à cet effet on députe de part & d'autre : mais il y a des choses qui sonnent bien haut. J'en enverrai copie à 203, pour en faire part à 116, pour avoir son avis : vous le pourrez faire traduire à Maurice, & par lui faire montrer à 140 [P. d. Berg], & savoir ce qu'il croit que 121 [Roi de Bohême] doit faire. Colb est revenu de 161 [Franckendal], où il a passé un accord sur ratification avec le Gouverneur : je ne sais si les gens de 124 [Roi de Suede] le voudront tenir, parce qu'il est fait mention de 121 [Roi de Bohême]. On attend dans peu de jours ici 147 : je ne sais s'il aura pouvoir de traiter avec 121 [Roi de Bohême]. Lambremont n'a nulle commission de moi de faire des levées. La cacade d'Urfa est bien grande : les officiers méritent bien d'être châtiés, de n'avoir tenu meilleur ordre. L'allée de 198 en 218 donnera de la 247 à 124 [Roi de Suede], qui ne l'aime pas. J'ai reçu le portrait de Philippe ; je le trouve embelli ; mais il me semble qu'il l'a peint trop vieux. Beningsley sert fort bien nos enfans,

& ne

& ne pourroit être plus propre pour cette charge. J'ai envoyé **deux** agates à Clitfcher, pour y faire tailler **deux** Georges : je vous prie **de** lui donner ce billet ci-joint, par **lequel** il apprendra mon intention ; & s'il n'entend le François, le lui expliquer. Pour **des pages,** je n'ai point de place vuide, & les François font ordinairement **fort** fales ; & d'augmenter mon nombre, **je ne le fais** jamais : j'efpere que la Ducheffe de Lanfperg trouvera l'excufe légitime. Pour Mr. de **la** Haye, **ne** fachant encore comme mes affaires **iront, je** ne fais à quoi me réfoudre. Au refte, **pour** 122 [la Reine de Bohême], ne fe doit mettre en peine, car il n'y a rien à craindre de ce côté-là. Vous aurez **fu** la prife de Leipfick : le Roi s'achemine vers-là **avec fon** armée ; **Dieu** veuille qu'il **ait** auffi heureux fuccès que **ci-devant!** mais cela dépend de la volonté de Dieu. Dinguen me dit que le frere de 144 va quitter le fervice de 124 [Roi de Suede] ; de quoi je ne fuis point aife. Le Général Baudefin quitte auffi, & fe **va** marier à la fille d'un Ranfo, en Danemarck. C'eft tout **ce que** je puis vous mander d'ici ;

F

cela

cela me fera finir en vous assûrant que je serai
toute ma vie,

     Mon cher unique cœur,

       Votre très-fidele ami,

         & très-affectionné serviteur,

               FRIDERIC.

De Mayence,
ce ⁴⁄₅ Novembre 1632.

     J'ai oublié à vous dire que j'ai eu la cu-
riofité d'ouvrir une des lettres de la
maîtreffe **de FF.** Il y avoit force plai-
fantes chofes de Capliers ; mais le
principal eft qu'elle prie **FF.** de venir
bientôt **vers** elle, pour avoir le contentement de fes bons difcours ; qu'elle
n'ira en Angleterre, quand fon frere
viendroit, & defireroit qu'elle aille avec
lui. Je crains qu'elle me le débauche-
ra, & lui mettra bien des vanités en
tête, dont il n'a point de faute. **Je**
vous prie, ne faites femblant que je
le vous aie mandé.

                   LETTER

LETTER XXVII.

To the Queen of Bohemia.

MY ONLY DEAR SISTER,

THOUGH I have little at this time to fay, (having referved all bufineffes until the coming of my agent Bofwell) yet I could not let this honeft fervant of yours go without thefe lines, to affure you of the impoffibility of the leaft diminution of my love to you; the which, as I am certain you eafily believe, fo I defire you to be affured, that all my actions have and fhall tend to your fervicice; and that the counfels and refolutions that come from me, is and will prove, more for your good, than thofe of any body elfe: and fo I reft

Your loving brother,
to ferve you,
CHARLES R.

London,
the 31ft of January 1634.

LETTER

LETTER XXVIII.

To the Queen.

M A D A M,

THIS bearer defired my leave to go over into Holland for his own bufinefs, becaufe he hath been but lately married, and hath had no time to fettle himfelf; which he defireth to do with as much fpeed as is poffible, and to return with the firft occafion. I would not refufe him, becaufe I thought him a fit and fure means to fetch the copies of the chiefeft acts which were in the King my father's time, for we want them very much, and it was a great over-fight that I forgot to take them with me when I went from your Majefty. I befeech your Majefty to command Maurice to fend it over by him, and to believe this bearer a very honeft man, who will tell you many things which are not fit to be written, both of our known and unknown foes. Your Majefty may believe him, for he is impartial. Thus,

praying

praying for the continuation of your health,
I remain

Your Majesty's

Moſt humble

and obedient ſon and ſervant,

C.

Hampton-Court,
this 16th of May 1636.

I am moſt **infinitely glad to** hear that
your Majeſty is ſo pleaſed with my
ſiſter's behaviour. I pray God ſhe
may never do otherwiſe.

———————

LETTER XXIX.

To the Queen.

MADAM,

SIR Robert Honywood's ſtaying for a
wind, hath made me defer my writing
hitherto; but now he reſolves to tide it over,
I muſt tell your Majeſty how careful he is
of your buſineſs, and I believe the money

F 3

was never in fo good a way as it is fettled now, which your Majefty will foon fee in effect. I doubt not but you will find him a better fervant than any that have been in that place. Sir Francis Netherfol hath kiffed the King and Queen's hands; the King hath granted him the continuance of his penfion of 200 pounds a year, and now he means to go back to the country. Sir Dudley Carleton hath gotten the clerkfhip of the counfel, which was void. I fee by the letter my lord Bofwell brought, your Majefty is in doubt what I fhall do, in cafe I fhould be preffed to condefcend to any point prejudicial, which I do not fear; for, if it comes to that, I may have leave to fpeak freely; befides, the King's goodnefs is fo great, that he will never prefs me to any thing material without your knowledge. The King told me he would fend to your Majefty a copy of the letter he wrote to the Emperor, concerning him that was fent by him; who, in his fecond audience, faid nothing elfe, but confirmed that which Taylor fent; which the King did not take well, and thereupon I write this letter. I doubt not but you will like it well. Concerning the Polifh bufinefs, I

know

know not what to believe of it, for the King
of Poland hath engaged himself so far in it,
both to the King my uncle and to your Majesty, that it were an affront to you both,
and a shame to himself, if he now leaves it,
for, in all his letters to the King, he still
shews a great desire to the match, and he
needs not the States of Poland's consent to
do it ; but it seemeth he seeketh all means
to do it with their good-will, and for that
wishes she may be of their religion. I think
the cause why he treated of no particulars with
your Majesty is, because he hopeth the King
will not look so strictly to the religion as
your Majesty ; and they say he hath a particular instruction to the Queen : but you
were not deceived in that you told him the
King would not go less in that than yourself;
and the Queen is so discreet that she will
not meddle with it. For the rest, I shall do
as you commanded me, remaining for ever

Your Majesty's

Most humble

and obedient son and servant,

C.

The 16th of May 1636.

F 4   LETTER

M A D A M,

I NEED not make you any relation of that which passeth at the Polish Ambassador's, because the King told me he would himself acquaint your Majesty with it : yet in all this I see no reason why one should think the King of P * * * should not mean it really. He hath been willing to this last instruction of the Ambassador, that the Papist states should have no farther excuse, seeing they are deceived in that firm persuasion they had, that the King my uncle would grant them this proportion ; and withal, seeing the King of Poland persisting so earnestly in it, which Gordon maketh us believe. The King my uncle means to send him away with a complaint of this Ambassador, and we shall see what answer he will have thereupon. The Archbishop of Canterbury questioned him about the opinion he had of him to be a Papist, at which he was much out of countenance, confessing he had told your Majesty there were many in

England,

England, but that he had touched no particulars.—The deputy of Ireland is come, and
they say is much incenfed againft the Sp. F.
for fome ill tricks they have played him in his
abfence. He fheweth a great deal of defire
to ferve us, in his profeffions to me ; but there
is none of them all but doth the fame, yet
I will believe nothing but that I fee. He
told me your **Majefty had wrote** to him in
recommendation of fomebody, but that he
would not anfwer you before he had done the
bufinefs. There is none of all the **affectionate**
gives me fo good advice, nor fo freely, nor
with fuch reafons, as 175 ; 291 will acquaint
you with them, or the man without a name,
who is very often with him : but all their comfort to **me is,** to have patience, **which is very**
unfeafonable in this conjuncture **of the af-**
fairs. I forgot to tell your Majefty **by my** laft,
that the King took not very well the Duke of
Bouillon's fudden departure without feeing
him : methinks it was very *mal-à-propos,* in
fuch a fufpicious time as this is, now the
French have fuch a fleet at fea, and that there
is no very good intelligence between them. I
wifh your Majefty would reprefent to the
King why he gives leave to his Ambaffador,

my

my lord of Arundel to go firſt to the King of Hungary to Nordling, which is out of the way, and not ſtraight to the Emperor, as he had promiſed us. The plague increaſeth yet at London, and the town is very void of company. Sir Thomas Rhoe is yet ſick of the gout. Next week I will go to ſee him at his houſe, which is hard by Hampton-Court.

Your Majeſty's
Moſt humble
and obedient ſon and ſervant,
C.

Theobalds,
this 15 of June 1636.

LETTER XXXI.

To the Queen.

MADAM,

IT ſeemeth, both by Sir John Borros's letters to ſome of his friends, and alſo by my lord Arundel's to the King, that he is not much ſatisfied with the beginning of his negociation, eſpecially becauſe the King of

5

Hungary

Hungary refufed to fee him. The King had a great deal of talk yefterday with me about it ; and told me, that we fhould do well (and he alfo would do it) to conceal the difcontent we receive from the Emperor, both to himfelf and to others, viz. the French and Swedes, &c. for if either of them perceive it from us, the Emperor will offer them fairer conditions to draw them to a peace, and they will offer us harfher, feeing we come not to them out of love, but for want of other means : as for himfelf, quoth he, if the Emperor would give but a part, he would feem to like it, 'till he had made himfelf and his party ftrong, to make war againft him ; and I think it is a wife refolution, for it is out of fafhion to declare war by a herald. I received your Majefty's letter by Macdougal, which furnifhes me with reafons enough to excufe to the King the Duke of Bouillon's fudden going from hence, as occafion fheweth. Count Henry of Friefland hath wrote to me concerning the bufinefs he faith Macdougal is come for hither, which is to folicit the King to pay that he is owing in Friefland, which your Majefty is better informed of than I. I have defired Doctor Spina to come

hither,

hither, hoping your Majefty will like well of it, knowing how much I want able men. Bertinger, I hear, and Capliers cannot yet agree. I have **not** had your anfwer what you will do with Horneck; more company would be troublefome **to me this** progrefs. If your Majefty would let **him** be at Leyden (for they fay he is moderate enough in religion) and keep Capliers with you, **until we** know what courfe my bufinefs fhall take, you will content them both.

Your Majefty's

Moft humble

and obedient fon and fervant,

C.

Oatlands,
this 7th of July 1636.

THE King hath changed his refolution of going to Theobalds, becaufe the plague is thereabouts ; but Monday next he goeth to Bagfhot, and from hence beginneth his progrefs. Before I could fend away this, the King received a difpatch from my lord Marfhal, who had his fecond audience, and ex

pected

pected every hour an anfwer; and I a letter to your Majefty and to myfelf. The King will communicate it all to you. I do not fee what he could do more, as you will fee yourfelf by his letters, and I do not doubt but Ruftorff writes the fame to your Majefty as he doth to me. This bearer will tell you the reft of the news: he hath done good offices to the ftates here with the King, concerning the fifhing bufinefs; who affured him there fhould no act of hoftility be done, as long as there were hopes of agreement; if he were employed he would be able to do more. I received one of your Majefty's letters from the $\frac{14}{24}$ of June, by one of the Prince of Orange's fervants; I have heard nothing of 290's private inftruction, nor do I think 116 would fo bafely cozen 259; and 122 may be affured that 116 will never prefs him to do any thing prejudicial to himfelf or his family, nor will 259 ever fuffer it. For Spina, I never intended to give him any title, being refolved to difpofe of no title, nor Ampt Manfhafft, or any lower places under them, until I am in poffeffion; and your Majefty liking this, will be a good argument to refufe any that will afk

it.

it. I have received none of Maurice's letters since Haufman's going over. I am infinitely glad your Majesty is still pleased with my behaviour here, which **I** think a great happiness to **me**, and the best news I can hear, next to that of your good health : **I will** endeavour still to continue so, and do assure your Majesty, that I am no less pleased when you tell me of my faults, seeing also by that your care and affection to him who shall live and die

Your Majesty's

Most humble

and obedient son and servant,

CHARLES.

Bagshot,
this 25 of July 1636.

> Walter Leslie hath wrote from Manchen (where he is with the King of Hungary) to Sir Windebank, that there is no appearance the Duke of Bavaria will quit any thing to me during his life and his babe's ; and advises **the** King to make his party in Germany as strong as he can. The Marquis Hamilton goeth to Scotland for to make up the accounts of the subsidies which were granted by their last Parliament.

LETTER

LETTER XXXII.

To the Queen.

MADAM,

By that which Sir William Boswell receiveth by this bearer from Secretary Cooke, your Majesty shall see the effects of that you have sent to the King by Dingley. I think it something strange, that I may have no copy of any thing concerning my own business, which was never denied to the King my father. I see no reason why the King should mistrust it in my hands, considering that, for my own sake, I must keep it secret. I beseech your Majesty to touch this matter in your letter to the King. Sir John Manwood will tell your Majesty why I could not answer the letter which Dingley brought me from you by him, which was an unhappy accident. I sent you by him the measure of my true height without any heels. I believe your Majesty sent for it, because they think my brother Maurice as high as myself. I have again got some hopes of my business; and I believe your Majesty will also find much content in the letters written by his command

to Avery, my lord of Leicester, and now
it will be both in Sweden's and France's
power to engage the King in a good and firm
league with **them** ; for he plainly feeth he
is abufed. Shortly **we** fhall hear out of
France, and then we fhall fee how he will
proceed : for other news, this bearer will inform you, for that I fhall make an end, remaining

Your Majefty's

Moft humble

and moft obedient fon and fervant,

C.

Grimfthorpe,
this 28th of July 1636.

I can fend the Countefs of Cutembourg
no fan, becaufe the feafon is paft, but
I will find fomething elfe for her.

LETTER XXXIII.

To the Queen.

MADAM,

THIS is only to befeech your Majefty to
affift this bearer with your favour, in
his defire to go with his uncle into the Weft
Indies.

Indies. I have given him something here, and made over the rest to receive of Maurice. When I come to Oatlands, which will be on Saturday, where the King ends his progress, I shall acquaint your Majesty at large with my business: only now I shall desire your Majesty to send your picture to Sir —— Browne, my lady Caernarvon's uncle, who most infinitely desired me to give it him, and humbly beseech you to pardon my negligence of writing during his progress, which was caused by a perpetual hunting and changing of lodgings. I shall henceforth recompence it with weekly acquainting your Majesty with that which passeth ; remaining for ever

Your Majesty's
Most humble and obedient

son and servant,
CHARLES.

Lindust,
this 8th September 1636.

G LETTER

LETTER XXXIV.

MADAM,

THE King made an end of his progress here, which giveth me leisure and opportunity at large to acquaint your Majesty with that which since passed in my business. The King having received advertisement from my lord of Leicester, that the French King would engage himself not to make any peace except I be restored to all **my** lands and dignity, **if** he would enter into **a** league offensive and defensive against the house of Austria, Spain, and Bavaria, hath sent him a plenipotentiary to treat and conclude with the French King a league offensive and defensive for the liberty of Germany, not naming any in particular, because he saith he will not engage himself in any of their particular quarrels; wherein he doth wisely, or else **he** would be troubled with **a** perpetual war: **I** hope it will go well, **if 56,** 41, H, 18, 15, 50, S, 31, 14, 11 do not cross it, who is 12, 14, H, 28, 47, 27, 42, 10, 35, 67, 57, 22, 14,

22, H, 50. Boneca hath had his audience with the King, but he hath had no anfwer yet, nor will hardly get any, before the King fees the event of my lord of Leicefter's negotiation; for it will be to little purpofe if he affift Duke Bernard before he be in a league with France, and refolved to do more. I believe your Majefty knoweth by this time, that the Duke of I*** is quite for 154; yet he parted from court with a great deal of profeffion to me, but he meddles with nothing but his own bufinefs. Some fay 174, 14, 11, 13, λ, 51, 18, 12, 265 have met at this laft's houfe, and are parted good friends, of which I cannot affure your Majefty. I do not doubt but you have heard of the great entertainment my lord Archbifhop of Canterbury gave the King and Queen at Oxford, and the honour he did me, at my requeft, to make a great number of Doctors, Batchelors, and Mafters of Arts, amongft which Mr. Goff was made a Doctor of Divinity. I alfo defired him to favour Mr. Herbert Croft, which he promifeth to do : he expected no degree, becaufe he was lately made Batchelor of Divinity, or of Arts, I know not which. I fhall do my beft to get good horfes for

Duke

Duke Bernard, which are at this time very hard to be gotten; therefore, Madam, make much of them you have. I am glad you like my lord of Holland's nag; every one thought here he would be too little for you, and too furious; but I think they said it, becaufe they faw me in great want of pads this progrefs, for they thought him here not fit for hunting. My lord Stanford hath a roan which he intended to fend to your Majefty upon my coming hither, but he fell lame, one of the handfomeft horfes in England: now lately he told me that he had found a farrier that undertook the cure of him, and as foon as he is well he will fend him over. Now we have more reft I fhall, by my often writing, fhew it was not out of negligence of my duty I was fo long filent, but for want of time and opportunity, which now I fhall have more a command.

Your Majefty's
Moft humble and obedient
fon and fervant,
CHARLES.

From Oatlands,
this 22 of September 1636.

LETTER

To the Queen.

MADAM,

THOUGH I am affuredy our Majefty maketh no doubt of my civil carriage towards Mrs. Crofts, becaufe fhe was your
fervant, and you commanded it, yet I hear
fhe is not pleafed with it, and hath fent her
complaints beyond fea. I do not know whether they are come to your Majefty's ears,
but I eafily believe it, becaufe fhe told my
lord Craven that I ufed her like a ftranger,
and did not fpeak to her before the King and
Queen ; yet I think I may truly fay I fpoke
more with her fince fhe came into England
than all my life-time before. If your Majefty
did confider the ill opinion I had, both before
and during my fifter's friendfhip, of her, befides the quarrel we had a little before I went
from Rhenen, about Cave and Hoone, you
would not think that I refented her ill-
carriage to your Majefty, only fince fhe is
fallen out with my fifter, who now fees her
error.—That which Egbel and Charnaffe re-

G 3

port

port is falfe : 'tis true the King propounded the meeting at the Hague, or Hambourg, to draw in the States and the Swedes, after the league with France was ratified between the two Kings **alone** ; which the French will not do without the approbation **of** all the confederates. If it pleafe your Majefty to look upon the letters I wrote you about the time Augiers was here, you will guefs how it is underftood. My brother Rupert is ftill in great friendfhip with Porter ; yet I cannot but commend his carriage towards me, though when I afk him what **he** means to do, I find him very fhy to tell me his opinion. I bid him take heed he do not meddle with points of religion amongft them, for fear fome prieft or other, that is too hard for him, may form an ill opinion in him. Befides M. Condoth frequents that houfe very often, for Mrs. Porter is a profeffed Roman Catholick. Which way to get my brother away, I do not know, except myfelf go over. Doctor Spina and Haufman defired to go over to their wives until I have farther ufe of them ; if your Majefty pleafe, they may fee the acts, and affift Maurice in any thing you will think fit, becaufe he is old ;

and,

and, if he fhould chance to die, there would
much of the knowledge of my bufinefs die
with him, except he would make them par-
takers of it now, which I believe he cannot
but be willing to do.

Your Majefty's
Moft humble and obedient
fon and fervant,
CHARLES.

Whitehall,
this 24th May 163⅞.

LETTER XXXVI,

To the Queen.

MADAM,

I RECEIVED two of your Majefty's letters by
Nichols, and am glad to hear how good
an opinion your Majefty hath of him. I do
not doubt he will be very ufeful to me ; he
hath alfo a good report in this court. I cannot tell your Majefty particularly what difcourfe Mrs. Crofts makes of them fhe

G 4

left

left beyond sea ; but I heard that the third or fourth night she was arrived, she gave the characters of all them of the Hague to my lady Carlisle; which I heard by one that over-heard them, but would not tell me any particulars, only said, most of them were well stich'd, and her censure sharp enough. I did not enquire what counsel she gave my brother Rupert ; but he told me that the other day she would not look upon him. It is now in your power never to be troubled with her any more ; for (though I hear she promised your Majesty to the contrary) if she once more returns, you will never be rid of her. As for me, I will do her all the help I can, if she will stay ; for I wish her no other ill, than that she may not return to your Majesty : let her do us here as much mischief as she can. There is spread over all the town, and every one maketh their judgments of it according to their several affections, that my lady Leveston hath given my sister a box on the ear before twenty people, in the Prince of Orange's garden, and did not so much as ask her pardon after it. Your Majesty, I believe, will not take it well of those that write over every foolish thing that happens at your court,

for

for here they always make the worſt of it:
I cannot believe but it was in jeſt, ſeeing
that I heard nothing of it from herſelf. I ſee
your Majeſty hath no great opinion of the
treaty of Hambourg, neither is there great
hopes that it will have any ſuccefs, becauſe,
as is reported here, the King of Hungary hath
forbid them to permit any treaty in their
town. This may be but a fiction, but any
place will be as good for that purpoſe, if it be
real on·all ſides : I muſt have patience now
until the treaty with France be ended; but it
makes me almoſt mad, to ſee the King my
uncle's miniſter there ſtill ſo confident of a
good iſſue, and yet nothing is done. If I go
from hence, it will be ſaid that I ſpoil all by
my impatience : yet if I be longer idle, it will
be a greater blemiſh to me ; ſo that I do not
know what to do, and I would rather know
your Majeſty's advice than follow my own
opinion in this. The King hath knighted
Mr. Stone upon your letter; but for Dingley,
he deſired to be excuſed as yet. I am ſorry
to hear that your Majeſty finds ſuch neglect
from hence as you write of. I ſee I muſt
not complain, ſeeing yourſelf is not free of
them.

them. I pray God, put you once in that state not to need the courtesy. I hear our plotter Ruissieur is in prison at the Hague, for treating with Nicolaldi, the Spanish agent, at the same time he was with me. It was happy he was not trusted with our money.

Your Majesty's

Most humble

and obedient son and servant,

C.

Whitehall,
this ⅓ of June 1637.

P. S. To-morrow the King and Queen go
to Greenwich for a month at least.

LETTER

To the Queen.

MADAM,

UPON thefe laft letters which the King received from France, and though not a conclufion of the treaty, yet an approbation of all the particulars of it, and an affurance of their intention fully to fign it after the approbation of the other confederates, he found good to let me go over to Holland; as he thinks, with my prefence, and your Majefty's affiftance, to move the States to come into this league, of which they fhall have an entire communication by Sir William Bofwell, by which they fhall fee the King's good intentions. This is the fecond time I am urged to this journey, fo that I cannot efchew it, but muft feem to be very fatisfied, of which I befeech your Majefty to make fhow too : yet I will not go before I have all in writing, which the King promifed me I fhould. Avery is chofen to invite the Swedes to this treaty, which is only to avoid

expences,

expences, or keep out better men : yet I will do what I can, before I go, to get Thomas Rowe, though it will be hard. Your Majefty will be pleafed to content yourfelf at this time with the copies of them letters I received from France, until I bring the treaty in form : the beft is that the King my uncle is tied to break in a certain time, which is all I can fay at this time; remaining

Your Majefty's

Moft humble

and obedient fon and fervant,

C.

Greenwich,
this $\frac{12}{22}$ of June 1637.

LETTER

To the Queen.

MADAM,

SIR Richard Cave's letter, which I received lately from the 5th of August, mentioneth that the King was well pleased with my intention to meet the Landgrave of Hesse, and that my lord of Holland did assure that the French King had invited the States, since his coming over, to the same purpose the King's ministers here had done; in which I know the good Earl, or them who thus informed him, is mightily mistaken. I find also that the Swedes are not to expect any thing from England before the treaty at Hambourg be accomplished; to which, if any Ambassador be sent, the Archbishop and Count Holland have promised Cave it should be Thomas Rowe. Concerning my brother Rupert, the King did not seem unwilling to let him have the six thousand men; but he saith he knew not whether France would be willing to it, neither doth Cave perceive that Goring is likely to have that charge. He defired me to get the form of the founding of the Weft-India camp here, how continued, and how governed at this prefent; which I doubt not will be beft got at Leyden, of M. de Laet. I fee there is no good to be had from England until the meeting at Hambourg, which is in no greater forwardnefs than when I came over firft: therefore, if the Landgrave can fhew us the way how in the mean while we may do fome good, it is not to be neglected, for I hear already fome fpeeches, that, as things ftand now, a fmall force would make me mafter of a good country. Therefore I was forry to hear that your Majefty did intend to employ fome of the King's money, which is at Amfterdam, to put it to ufe for my fifter Louifa, who, when your arrears are paid out of England, is to have that which of her monies was employed to the houfhold. The other is of the money which was paid for the jewels, but firft was part of a fum which the Duke of Lorraine paid for Lixheim: me-thinks that fhould only be kept for a pufh, and for the good of all the family; and it were beft to employ it, and the reft of the King's

monies,

monies, which are upon the cantor, to no
other ufe. Colonel Ferentz will tell your
Majefty all the news from hence. I do not
know what I fhould anfwer your Majefty
concerning Blarer, fince you never made any
mention of any thing concerning him ; but I
hear with great joy that he is content to be
at Leyden. I have heard from one that is
well acquainted with the Comptroller Vane,
that he fhould have faid, that becaufe the
King had been fo bountiful to me, therefore
we fhould not expect to have your arrears
paid ; but I hope your Majefty will not be
content with that bafe faying, but ftill folicit it, as hitherto it hath been done. If
this be true, he is the falfeft fellow that ever
was, for he affured me the contrary ; but this
comes from one that fpeaketh more good of
him than ill, and it is likely he gives the King
this advice, *pour faire à bon valet :* thus I reft

Your Majefty's

Moft humble

and obedient fon and fervant,

C.

Army,
this ¹⁷⁄₂₇ of Auguft 1637.

LETTER

LETTER XXXIX.

To the Queen.

M A D A M,

I AM so much overjoyed with this I mean
to let your Majesty know, that it seemeth
to me as a dream, and makes me fear it is
too good a purpose, and too happy, to come
to an issue. The King hath not stayed the
coming of Augiers, as he first intended, but
resolved, Monday last, with his juncto counsel,
to let me seek my fortune at sea; and to that
purpose is willing my friends here should assist
me in it. Your Majesty knoweth how many
there hath been formerly that have professed
to you and me, that if the King would give
them leave, they would do great things for
us : now we shall see whose professions were
real or not, seeing the King is willing. Your
Majesty will know what is fittest to be done in
this; I shall acquaint all my friends here with
it. My lord Craven hath already offered me
ten thousand pounds for his share ; if they all
do this, it will be of great consequence.

However

However, your Majesty will pleafe to let the States know this, and to enquire what af- fiftance I fhall expect from them ; and to ad- vife with the Prince of Orange about the de- figns of two or three forts, that the King may chufe, according to the ftrength we fhall be able to gather here : but for all this, I be- feech your Majefty to confider whether I fhould attempt any thing, before I be fure that the French will embrace my intereft ; if I fhould, it would get them the better condi- tions in the treaty at Collen from the Spa- niards, and I fhould have profited nothing towards the recovering of my country ; Spain being mighty enough, when fhe is in peace with others, to expel me out of any thing I fhall have got : and if I fhould attempt upon Flanders, it will be neceffary the States fhould fecond me with their army, and oblige them- felves not to make any treaty, peace, or truce without me. The King told me he would give me an Englifh counfel, when I go to fea ; I pray God they may be underftanding and honeft, for I fee very few here that are both. I have alfo leave to acquaint all my friends beyond fea with this. I think I need not

H

write

write to the Prince of Orange, **nor** the States, becaufe your Majefty will let them know it; but if you think it fit now for Ferentz to go to France, **to** try what can be done there, I am fure the King **would not** take it ill, and it would haften the treaty with England. Befides, the King fends to Denmark and Sweden in all hafte; to the firft, to renew his friendfhip, and to acquaint him with that which **was done** at Ratifbon, and to defire him, that in cafe he **fhould** be the mediator betwixt the Emperor and Sweden, I might not be forgotten; and becaufe we hear he doth not **take it well** that I have fo feldom acquainted him with my bufinefs, **and** doth think himfelf neglected **by** me, I mean to **fend** Blater to redrefs that; I can fend no other gentleman, becaufe I need Ruftdorff here, and he can do that well enough. To Sweden the King offers men, and the affiftance of his fleet, befides other particular helps to their armies in Germany. All this came out at once. I am fure my lord Marfhall was the caufe of the quick refolution, of whom I fpoke to the King, as you commanded me; who faid it was no fmall thing, and therefore would

confider

confider of it, and bid not to fpeak of it, which I defire of your Majefty. My friends here, and efpecially my lord Marfhall, defired me to befeech your Majefty to hinder as much as you can any prohibition that fhould be made by the States to their fubjects, not to take the King's licence for fifhing, for it would only incenfe the King againft them, whereas we hope we fhall fee fome moderation on his fide this year. I hope your Majefty hath received mine by Dingley and Captain Guilpin.

Your Majefty's
Moft humble
and obedient fon and fervant,
CHARLES.

Theobalds,
this 20th of January 1637.

P. S. I befeech your Majefty to let me have a fpeedy anfwer of this, by fea and by land, if one fhould mifcarry; and to let Ferentz know all this.

LETTER XL.

To the Queen.

Madam,

THIS bearer goeth to receive your Majesty's commands for Sweden ; but since there is nobody with you, that knoweth the form your Majesty useth in writing to the Queen, or the administrators of that realm, I take the boldness to present unto your consideration, whether you will not think fit to send blanks signed with your hand, and sealed with a *cachet volant*, to Maurice, that he may write a letter over it in the usual form, according to the contents your Majesty will think fit. Ruthen hath now engaged himself of new, to bring me four companies of horses, and as many of dragoons, besides twelve hundred foot, which he is to levy in Scotland. I have given the States a delaying answer, as your Majesty bid me, and those of this province advised me, especially the Count of Calenbourg. I have

appointed

appointed to meet the King at the Embs, for which end I fent back Sir Richard Cave to prefs it. I have taken Thomas Effex into my fervice, upon his defire; and I hope you will not be difpleafed with it. To-morrow I fhall difpatch Leuctemaen for France, therefore I befeech of your Majefty to make your letters ready for it, for there is no time to be loft. When I wait on your Majefty next, I fhall acquaint you with what I have forgot in this, whilft I remain

Your Majefty's

Moft humble

and obedient fon and fervant,

CHARLES.

Arnheim,
this 2d of Auguft 1638.

LETTER XLI.

To the Queen.

MADAM,

YOUR Majesty hath understood my intention to go to the King of Denmark, to Gluckstat, by my letter by Sir George Coborne : now I am returned, I will give your Majesty the best account of it I can. My way was by Crempen, where I was received by my lord Ambassador Rowe, and the King's coaches, and two of his gentlemen, since he keeps but a very small court at Gluckstat : thither I was brought ; the garrison being in arms, I received a salute of the town's ordnance, as was done at Crempen, both coming and going. The same night I supped with the King, and was lodged in the castle *; all the time

---

* This Letter may contain more than appears in it, as at this mark, for nearly two sides of paper, all the words of consequence are written over, so as to be entirely illegible. The intermediate words are only crossed over. At the bottom of the first page the excuse for it is written : " I " humbly beseech your Majesty to pardon this blotting, " since it was a thing superfluous ; and I had no time to " put it in cyphers, nor to write the letter over again."

I was

l was at Gluckſtat I eat with the King (except once) who was very kind to me; and at ſeveral times he promiſed me he would do his beſt for me in the treaty, which ſhould not be without me. He was very favourable to me for drinking, bidding me drink no more than I had a mind to; but my people were well ſouſed. Concerning the treaty or war hereabouts, the Lord Ambaſſador and Ruſtorff will inform your Majeſty; only I muſt tell your Majeſty, that it will be in vain to ſend any gentleman to my brother, ſince he cannot go without Hatzvelt's paſs, for which I have wrote long ago, but have received from him an anſwer to all points in my letter except that, which is as much as a modeſt denial. Eſſex ſhould have gone, becauſe there was nobody elſe would, neither could I force any to it, ſince there is no ſmall danger in it; for any obſtinacy of my brother Rupert's, or venture to eſcape, could put him in danger of hanging. The adminiſtrator of Magdebourg was ſuffered to have but a ſerving-boy with him; therefore one may eaſily imagine, that they will much leſs permit him to have any body with him that may perſuade him

to

to any thing againſt their **ends**. **As** your Majeſty ſaith in yours of the ⁷⁄₁₇ of November, there is no difficulty concerning either Melander or King, in accepting the Heſſian troops ; for **2 1 2** did plainly confeſs unto me that it is not poſſible **for** me **to** make a confiderable 67, 8, 54, 55, 17, 60, 79, **30**, 42, **183,** except he that commands my army be one of that country ; but ſo he be of good quality, honeſt, and of good experience, there may ſome **other** good charge be found for him in the ſame army. As for Ambaſſador Wolf, he is only contrary to me, to ſhew himſelf **a** paſſionate **ſervant to Sweden, not** for want **of** a preſent, **for I offered it him ; but he** refuſed it, ſaying, **that** if he received it, he would not be able to ſerve me ſo well with the crown of Sweden as now he is. As I am writing of this, Duc Frantz Albert of Saxen Lawenbourg comes to **ſee me ;** therefore I will end.

Your Majeſty's

Moſt humble

and obedient ſon and ſervant,

CHARLES,

Hambourg,
this ⁷⁄₁₇ December 1638.

I cannot

I cannot give your Majesty any account of the number of thofe letters I had the honour to receive from your Majefty; for fince our defeat, where I loft all, I ufe to burn them as faft as I have anfwered them.

LETTER XLII.

To the Queen.

MADAM,

SINCE the receipt of your Majefty's letter of the $\frac{6}{16}$ and $\frac{11}{17}$ of January, and M. de Chavigni's **two vifits, I have** had no opportunity to acquaint your Majefty with any thing, fince I am kept with greater ftrictnefs than at firft. The caufe may be eafily gueffed at, if one confiders the difcourfe I have had at length with **M. de Chavigni :** the particulars of it I fhall fend to my lord of Leicefter, and **Pawel, at the** firft opportunity, who will not fail to inform your Majefty of

it ;

it ; and I hope your Majesty will be satisfied with my proceedings. The States and Swedish Ambassadors have as yet not shewed so much sense of the injury done unto me, as desire to engage the King of Great Britain into a treaty during my prison, which groweth daily more troublesome to me, since it takes away my health and strength, yet shall not make me do any thing that may really prejudice me, or make me unworthy of being for ever

Your Majesty's

Most humble

and obedient son and servant,

C.

Bois de Vincennes,
this 19th February (New Style) 1639.

I dare say no more, since this goeth upon adventure.

LETTER

To the Queen.

MADAM,

BY M. Damet, who went for Holland two days ago, I have **acquainted** your Majefty with fome **part of the difcourfe** which I had with **the Cardinal, of** which, as well **as of all other** things which paffed fince my coming from the Bois de Vincennes, **your** Majefty fhall fhortly fee **M. Augiers' rela-tion.** Yefterday I was at St. Germain to fee the King and Mademoifelle (who did it for the Queen) wafh the feet of the poor. I fhould have been as *incognito*, but the King found me out, and made me ftand at the end of the table where he ferved **them, and** fpoke with me all the time of the ceremony, which he performed with a great deal of devo-tion. Mademoifelle performed very prettily, but not without the difafter of letting two difhes of peafe fall upon her gown. Having dined privately, I heard from the galleries of the chapel the King's mufic (which is very

good)

good) fing the vefpers, the **King and Queen** being below. The day after I had had my audience, the Queen told the mafter of the ceremonies, Brulon, that fhe thought that I did not **go** pleafed **from her,** but fhe knew what the reafon was : therefore, faid fhe, the next time I fee him *je me raccommoderai bien ; c'eft que j'ai oublié à donner le tiltre à fa mere.* I doubt not but after the holidays be paft, **we** fhall **fall to** our bufinefs, to which the mi-nifters here feem **to be** very inclined : if the King my uncle will affift, your Majefty fhall not fail to be duly advertifed of every thing that paffeth of confequence, **by**

Your Majefty's

Moft humble

and obedient fon and fervant,

Charles.

Paris,
7th April 1640.

Sunday I do receive at Charenton. M.
de Chatillon was with me to-day ; he
is grown fomething leaner.

LETTER

LETTER XLIV.

To the Queen.

MADAM,

THOUGH since my last of the 13th of this present, there happened nothing worthy of your Majesty's knowledge, but the Cardinal's visit to me ; yet since the Prince Ratlevil desires to be the bearer of a letter to your Majesty, I could not but accompany him with my zealous wishes for your contentment, and the happiness that I may, whilst I breathe, remain in your favour, and be able to shew myself with more real effect than hitherto I could do,

Your Majesty's
Most humble and obedient
son and servant,
CHARLES.

Paris,
this 16th of April 1640.

LETTER

To the Queen.

MADAM,

THOUGH I have answered your Majesty's of the 16th of this month by my brother Edward, who, and my brother Philip, went away this day, yet since this will be sooner with you, I thought it my duty to acquaint your Majesty, that I have heard underhand, that my lord of Leicester will demand audience of the King, for what reason, he hath as yet concealed from me, though he has told me that he has got nothing for me by the last ordinary. I have sent for Cave to come over, because I find those conditions which are signed by me are much interpreted to my disadvantage; but I believe some do it out of ignorance, some out of malice, but I think most follow the sway of the court at present. I humbly beseech your Majesty to dispose of any thing I have as you please, since myself, and all that is in my

power,

power, is your Majesty's own. I could not send any watches, as your Majesty did command them, by my brothers, since there were none ready made; but I shall send them by the first opportunity. I think your Majesty hath heard of Madam de Rohan's being angry with me, that I did not see her soon enough, though I proceeded not to see any (but the Princesses of the right blood, and the Princess Mary) in their rank, and therefore saw those that were nearest to me next to the before named, as Madame de la Tremouille and Madame de Vantadour, &c. But now we are very good friends, and Wednesday last her daughter and I christened my lord of Leicester's child together. To-morrow I go to St. Germain to see the King, Queen, and Duchess of Lorraine, and to dine with Mr. Le Grand, who hath on several occasions been very civil to me, especially in those things wherein the fool Brulon would have troubled me, whereof de Lean will acquaint your Majesty, whom I humbly beseech your Majesty to maintain in your good opinion, since he doth behave himself like an honest man in

the

the charge he is in. I can **fay no** more at
this time, whilft I remain
Your Majefty's
Moft humble

and obedient fon and fervant.

Paris,   CHARLES'
this 27th of April 1640.

Madam,

P. S.   Yefterday, as I was going to feal
this letter, Count Brulon (which is the
conductor of the Ambaffador) fon tells
me, from his father, **who** was come
from St. Germain, that the King did
not expect my coming thither, becaufe
the Landgrave **had** reported that I
would not fee the King before **Monday:**
but fince the Landgrave doth deny it,
and that I hear from others fomething
elfe is meant by it, I have fent Sir William Ballendin thither to Mr. Le Grand,
to hear from whence this miftake doth
proced. I hear alfo that the King goeth
Monday next to Chantilly, and that he
will take away my entertainment.
Your Majefty's
Moft humble
and obedient fon and fervant.

This 28th April.   LETTER

LETTER XLVI.

To the Queen.

MADAM,

MONDAY laft I was with the King at Chantilli, and with the Cardinal at Reomont; and if I did not fear to weary your Majefty with the relation of the good words and great profeffions they made unto me, I could fill this whole fide with them; but ftill the burden of the fong was, pourvu que l'Angleterre faffe quelque chofe pour vous. The King told me (when I afked him what he would command me) that I fhould do well to ftay a while at Paris, which I am not un-willing to obey, whilft I expect the King my uncle's commands by Cave. For to follow the King's court, when I have nothing to treat with the Cardinal, will be but trouble-fome, and your Majefty knows it feldom comes near les occafions; and to be a vo-lunteer in Marechal de la Meilleraye's army, will not be honourable for me, fince the Duke of Anguien is there, who hath the chief quarter, and gives the word. M. de Chatil-

I   lon's

lon's army is not yet in their quarters. I have
received your Majesty's of the $\frac{2}{7}$ of April,
and do not wonder at the backwardnefs of the
fpring there, fince here it is the fame.   I am
very glad your Majefty hath fo good fport a
hunting: I believe the chace was greater than
the Marquis de Legones' at Cazal, fince his defeat doth not continue. I could wifh my friends
in England would remember me for horfes ;
when I was there I could fcarcely get any for
money, which is the caufe that I am now very
ill-mounted. As for thofe that I left at the
Hague, I have befeeched your Majefty, in my
former letters, to difpofe of them, or of any
thing that is mine, as you pleafe ; for I wifh
nothing which moves paffion, than that I
may one day be able to prove really unto your
Majefty the truth of what I fhall profefs to
be whilft I breathe,

Your Majefty's

Moft humble

and obedient fon and fervant,

CHARLES.

Paris,
this 12th of May 1640.

LETTER

LETTER XLVII.

MADAM,

SINCE my laſt from Amiens, the $\frac{11}{21}$ July, wherein I acquainted your Majeſty with the recovery of my entire liberty, I have received yours of the $\frac{6}{16}$ and $\frac{11}{21}$ of the ſame. I have received a letter from Sir H. Vane, of the 10th, wherein he tells me plainly, by the King's command, that his Majeſty holds it not fit, neither in his wiſdom nor honour, to ſend Curtius, or any other, to the Imperial Diet, unleſs they be inſtructed to give the King of Hungary the title of Emperor; that, for his Majeſty to do otherwiſe, as your Highneſs' propoſition doth direct and adviſe, were to prejudice and overthrow, not advance your Highneſs' intereſts; and therefore, until your Highneſs clear this point yourſelf, his Majeſty bids me tell you, he cannot diſpatch Curtius, or any other, to the Imperial Diet. Theſe are the very words of the letter, wherein he alſo adviſeth me to ſend Cave over ſpeedily, with ſuch clear reſo-

lutions

lutions as that thereupon the King may send orders to Curtius. For my part, I shall not understand to the giving of the title, as long as I see no surer hopes of accommodation ; therefore I am very glad of what your Majesty hath done in that point, as well towards the King as towards Curtius. I am very sorry for the loss of my cousin Henry, who (set aside the Prince and his own brother) had more worth in him than all the rest of that family in the State's service. I have sent Kingsmill his pass, who will be fit enough to pass my brother Rupert's time, and do not think he will use his counsel in any thing. The great convoy is come safely to the camp of Arras, therefore they make no question of the sudden taking of it.

Your Majesty's

Most humble

and obedient son and servant,

Paris,   CHARLES.
this 4th of August 1640.

> I have sent Sir William Ballenden to congratulate the Queen's delivery, and to tell the King of mine. I hope the watches which I will bring with me for your Majesty will content you.

LETTER

LETTER XLVIII.

M A D A M,

ON Wednesday laft, the 21ſt of this month, at night, M. de Chavigny fetch'd me from the Bois de Vincennes in his coach, and brought me hither, where I am in expectation of the King's entertainment, whereof I was affured by him. By M. Bawyr's relation your Majefty will find how the bufinefs was carried, and upon what terms I was fet in fome kind of liberty; which I conceive more advantageous towards the obtaining of further fatisfaction, by my own folicitation, with the affiftance of thofe that have a real intereſt in my good, than to remain in prifon, trufting in thofe that would make my misfortune ferve to advance their private ends, and withal run the hazard of being difavouched. Enough of this, more I dare not truft in a letter; and I humbly befeech your Majefty to take no notice of it. Prince Cafimir doth intend to take a private houfe in this town, fince the King

I 3

will

will lodge me in that he is in, which is
l'Hôtel des Ambaffadeurs Extraordinaires; in
the mean while my lord Ambaffador hath put
himfelf to the trouble of giving me a lodging
in his houfe, where I am in danger to furfeit
of good cheer. My lady and her daughter are
big with child. They do all fhew a great deal
of refpect to any that belong to your Majefty; and I moft humbly befeech your **Ma-**
jefty to take notice to my lord and lady of
their kindnefs to me; and to be ftill confident
that I will do nothing that may really prejudice my honour or caufe, and that I remain
whilft I breathe

Your Majefty's

Moft humble

and obedient fon and fervant,

Paris,   CHARLES.
this 23d of March 1641.

      I humbly befeech your Majefty to pardon
      my not anfwering your late letters,
      which I have juft now received in a
      bundle, and have not as yet had time
      to read them over. Madame de la
      Mouffaie was with me yefterday. My
      lord of Leicefter defires to know whe-
                        ther,

ther, now I am come out, your Majesty holds the resolution about my brothers.

LETTER XLIX.

To the Queen.

MADAM,

THIS honeſt Gentleman being ſent by their Majeſties to the Prince of Orange, and intending to kiſs your Majeſty's hands at the Hague, I cannot omit to acquaint you, that he doth always profeſs a great deal of duty and ſervice to your Majeſty. I believe his errand is only a compliment, becauſe there were here ill rumours of the Prince of Orange's health. I forgot to tell your Majeſty in my laſt, that Landas was arrived, and that the D. of Simmeren is going to Hanau. I fear this violence of the Houſe of Commons, for the extirpation of the Biſhops, root and branch, will bring ſome troubles, and, by conſequence, will keep back my bu-

I 4

ſineſs:

finefs : this next week will fhew what is likely to be the iffue of it. What other news
there is here, your Majefty will underftand
by this bearer, I remaining

Your Majefty's

Moft humble

and obedient fon and fervant,

CHARLE**I**.

Whitehall,
this 30th of May 1641.

LETTER L.

To the Queen.

MADAM,

I HAVE fhewed your Majefty's letter of the
6th of June to the King; he read moft
part of it, and when he came to that part of
the politic heads, he frowned a little, but faid
nothing to me. Certainly there is all the ill
offices done me to the King that can be imagined ; and, what is worft, he doth not tell me
of it. He will not have me go with him for
Scotland ;

Scotland; what reason he hath for it, God knows. Queen mother is said to go for Collen within this fortnight; but I hear from a good hand she is to stay at Bruffels. The Queen of England goeth within these three weeks (as she gives out) for Hombie, eight days before the King stirs from hence; and from thence to Pumfrey, and to York, where she will expect the King's return from Scotland. I find every body much inclined to send some of these troops now on foot to the West-Indies. If the Parliament intend it, I shall not be able to divert it; if they go on good grounds, I shall rather wish them to do that than nothing, since they pretend want of ready money to make war in Germany; but for the Indies, merchandize will suffice to content the soldiers, and all other necessaries may be furnished them out of hand. I wonder your Majesty would have Sir Thomas Rowe employed in the treaty with the States, since he hath undertaken a more necessary journey, which I humbly beseech your Majesty not to let any pretence whatsoever interrupt; for the neglecting of it would be of great pre-

judice

judice unto me, both with my friends and
enemies; who will conjecture, seeing I have
had so fair an invitation to a peaceable com-
position, that **I** do not wish the quiet of my
country, nor care much for the settlement
of my family. Besides the aforesaid treaty
with the States being put by the King into
the hands of the Lords of the Parliament,
I shall not offer to take it out of their hands,
for I am sure nothing can be done in it without them ; **and I** most humbly beseech your
Majesty not to make any motion to put it
into any other hands, but whom they shall
appoint. **As for** my brother Maurice, your
Majesty will **be** pleased to do with him as
you think fit. **It** will be hard to get **the**
money of his pension paid him. I have,
with much ado, got a thousand pounds for myself, of six which were due on our Lady-Day
last past. As for the Portugal business, both
the King and Sir H. Vane have told me they
would give Bofwell order about it ; but their
thoughts are so full of other business at home,
that they can think of nothing abroad. To-
morrow the Bishops cause will be debated ;

before that be decided, the Parliament will be loath to hear of any other bufinefs.

Your Majefty's

Moft humble

and obedient fon and fervant,

C.

Whitehall,
this $\frac{6}{16}$ of June 1641.

LETTER LI.

To the Queen.

MADAM,

SINCE William Murray's parting, I have received your Majefty's by Sir Peter Killegrew and Mr. Elburough. I doubt not but by the abovefaid your Majefty will find how the King took your letter; for he told me at his parting, after I had fhut up my letters, that the King would not prefs me to go from hence; but I cannot judge by that, whether I fhall go with him for Scotland, which

journey

journey holds for certain on the appointed day. The King faith he will feek to get money for my brother Maurice, and then he may go to what army he pleafeth : I want it very much myfelf, and it is very hard to come by in thefe times. I have wrote to L. G. King, that the King my uncle will let him know his pleafure by Sir Henry Vane. As for Mr. Elburough, I fhall affift him wherein I may poffibly ; remaining

Your Majefty's

Moft humble

and obedient fon and fervant,

CHARLES.

Whitehall,
this :: of June 1641.

LETTER

LETTER LII.

To the Queen.

MADAM,

BY what was wrote to your Majefty from
the $\frac{15}{25}$, you could perceive that the
figning   of   the
15, 11, 6, 45, 55, 23, 2, 73, 102, 604,
would foon follow thereupon, which was alfo
effected the fame evening, without any other
condition   but mere
398, 120, 117, 19, 41, 43, 22, 111, 76,
told   me   the
604. But 124, 78, 66, 10, S, F, fhould
not go   till   the
89, 60 over 120, 30, 40, 66, F, were
twelve   years   old in   the
21, 24, 41, 38, 55, 46, 1, 5, 22, 43, 82,
111, 14, 66, 10, 56, 45, 102. Mean time
K   hold   the   ftate   to
124, 120 would 93, 14, 66, 10, 102, 294,
their   great   for
78, 102, 40, 37 profeffions 4, 107, 72, 85,
X
247; but I believe, and fo doth every body
Mary   hath   got   her
elfe, that 585, 94, 120, 6, 53, 21, 83.
all   tranfport
The fame will 8, 98, 111 fo. 805, 120, 83,
82,

82, 107. Your Majesty's exprefs came but
the next day after the ordinary, so that I had
fcarce time to read the propofitions, much
lefs to fpeak much with the King of them,
though I can tell your **Majefty,** that he did
not miflike of it; but **it being a** bufinefs
worth confidering, I humbly befeech your
Majefty not to haften 234 coming over until
we have better confidered of it; of which,
as **of the** aforefaid bufinefs, befides many
other particulars, **you** fhall have an account
of by the exprefs.   So **I** reft

Your Majefty's

Moft humble

and moft obedient fon and fervant,

CHARLES.

Whitehall,
this ⅛ of March 1641.

LETTER LIII.

To the Queen.

M A D A M,

I MADE no queftion but my brother Edward's change of religion would be very fenfible to your Majefty, as I fee it is ; but I doubt very much whether his going to the King had been a way to confirm him in the right, fince there be fo many on that fide that are Papifts, or have none. Reputation he might have got, as all fuch do, who behave themfelves well and faithfully in the quarrel they undertake, be it never fo unjuft, efpecially when they are not convinced of its injuftice ; which I am confident he is, of that fide his faith hath now taken, for I am fure he cannot be fo eafily perfuaded of thofe fopperies which he pretends to, having been fo well inftructed in the contrary, as his letters would perfuade us ; and I fear his obedience to the church of Rome will leffen that which he oweth your Majefty's commands, to

come

come for Holland. I humbly befeech you, Madam, upon this occafion (which warrants this my prefumption) to put another gentleman to my brother *Philip* (fince I doubt not but the Prince of *Orange* will accept of young *Pelnitz*, becaufe his **Romifh** religion will endanger no young man in his court) of the Proteftant religion. I have formerly written to *Maurice* about it, who affured me, that your Majefty did approve and intend it ; but I am forry to hear it is not yet performed. It is not fit for me to accufe your wifhing to die, though it were never fo unjuft to yourfelf and yours, but rather to befeech God to confirm your Majefty in your former refolution, to remit all to his providence ; which I hope will give you no caufe to defire the haftening of your end, and therein the greateft addition of misfortune to

Your Majefty's

Moft humble

and obedient fon and fervant,

CHARLES.

This 28th of November 1645.

LETTER

LETTER LIV.

To the Queen.

MADAM,

I CAN hardly add any thing to the acknow-
ledgment of the honour of your letter of
the $\frac{2}{11}$ of April, without troubling you with
a repetition of what you are better informed
by the printed news and other letters.   The
citizen who pretended to arreſt me at the city
feaſt, is in reſtraint, and is to be examined
this afternoon ; ſo that I cannot tell as yet
what the committee appointed for it hath
done in it.   I am confident ſomebody ſet him
on, or elſe he never would have taken ſuch
a time ; which may prove hurtful to him, at
leaſt the Houſe of Commons ſeemed to be
very ſenſible of it.   Since the Venetians have
concluded their treaty with my brother Philip, I hope there will be ſome means found to
accommodate his gentleman with ſome charge
in the troops, and to put a Proteſtant in his

K

room,

room, which I humbly submit to your Majesty's careful consideration. It is not very safe for me to say what my opinion is concerning the obstruction of your business here, or **where the** cause lies; because the giving my opinion in such like cases, **it** having been told again, hath caused me **the** hatred of those persons who were touched in it. But this I may say safely, that the Parliament hath never, since I came to England, denied or delayed any thing that was offered to them concerning your business, nor do I think they will whenever it comes before them : your Majesty may then judge where it lieth. Honest Mr. Cooper hath had as yet but little favour from the Lords House in his business; for, having petitioned to them against the unjust proceedings of that court wherein his business first was put, and desired they would hear it in their house, they referred it back again, to be stated to them by those judges against whom he had petitioned, and who he conceived had wronged him. I hear that the Prince will not go into France without the King his father's express command,

though

though the Queen does very earneſtly deſire it.
I am

Your Majeſty's
Moſt humble and obedient
ſon and ſervant,

This 17th of April 1646.   CHARLES.

LETTER LV.

To the Queen.

MADAM,

I AM glad to hear that Pelnitz is otherwiſe diſpoſed of, and that his place is filled up with two Proteſtants. I hope before my brother Philip parts, that your Majeſty will, with your bleſſings, lay your curſe **upon** him if he change the religion he hath been bred in. Since the Swediſh Ambaſſador at Oſnabruck did exceedingly preſs my Miniſters to know my will, in how much I would be content to leſſen my demands for my entire reſtitution, I have ſent inſtructions to them, penned in ſuch a manner (as I conceive) that it will ſatisfy the ſaid Ambaſſadors, and not prejudice

K 2   me, me, nor the rights of our family, and yet prevent the flander of a backwardnefs to a reafonable accommodation, or to the procuring, as **much** as in me lies, of the public peace of the empire : I fhall by this ordinary fend Maurice a copy **of** them, if it can be made ready foon enough, for **to** communicate to your Majefty. By the intelligence I receive from the general treaty, I have much caufe to fear, that the crowns of France and Sweden will make their peace (if they intend any) without much regard to thofe of their allies, that are not in arms with them. I doubt not but that your Majefty knoweth before this of the King's arrival with his Scottifh army before Newark, having been fome days private in the French Refident Montreuil's houfe near it : it was ten days before they knew here what was become of his Majefty. I pray God that this way that he hath taken may produce his and his kingdom's welfare and fecurity! and reft

Your Majefty's

Moft humble

and obedient fon and fervant,

This 8th of May 1646.   CHARLES.

LETTER

LETTER LVI.

To the Queen.

M A D A M,

MY brother Rupert sending this bearer to your Majesty about his business, I cannot omit to accompany him with my humble request in favour of the suit he hath to you in my brother's behalf; which, since he can more fully represent it to your Majesty, and that I have by the last post acquainted you with it, I will not be farther troublesome therein. Only, Madam, give me leave to beg your pardon in my brother Philip's behalf, which I should have done sooner, if I could have thought that he had needed it. The consideration of his youth, of the affront he received, of the blemish had lain upon him all his life-time if he had not resented it; but much more that of his blood, and of his nearness to you, and to him to whose ashes you have ever professed more love and value than to any thing upon earth, cannot but be sufficient to efface any ill impressions which

K 3

the

the unworthy reprefentation **of the** fact, by
thofe who joy in the divifions of our family,
may have made in your mind againft him.
But I hope I am deceived in what I hear of
this, and **that this** precaution of mine will
feem but impertinent, **and will** more juftly
deferve forgiving than my brother's action;
fince I will ftill be confident, **that** the good
of your children, the honour of your family,
and your own, will prevail with you againft
any other confideration : and thus I reft

Your Majefty's
Moft humble and obedient

fon and fervant,
CHARLES.

This 10th of July 1646.

LETTER

To the Queen.

MADAM,

THE lady Stafford hath defired me to recommend this bearer, her daughter, Kate Killegrew, to your Majefty's favour, and to your fervice, in the place of a maid of honour; being as willing to bear with your prefent neceffity for an entertainment as any of the reft, and to allow her fo much as will keep her according to the place fhe will be in, if your Majefty fo like of it. The conftant refpect and affection which this lady and all her's have ever fhewed towards you and all your's, obliges me to fecond this her defire with my humble fuit to your Majefty in her faid daughter's behalf, that in cafe you be not formerly engaged, and that it may ftand with your or your family's convenience, you will be pleafed to grant it;

K 4 which

which I shall take as a great favour to,

Madam,

Your Majesty's

Most humble

and obedient son and servant,

CHARLES.

This 23d of August 1646:

LETTER LVIII.

To the Queen,

MADAM,

POWELL doth not believe that my brother Edward hath any mind to go for Holland, as your Majesty was pleased, from the 6th of January, to write me word of his promise to you; neither do I think that his coming hither will alter any thing in the fancy he hath taken to the Popish religion. I could wish either my brother Rupert or Maurice would undertake the Venetian employment, my brother Philip being very young to undertake such a task. It were fit to be known whether the secretaries of Venice that

treat

treat have any full power to conclude with him, before he engages himself in providing of officers. Your Majesty will understand from better hands what passeth here; therefore I will end this, remaining

Your Majesty's

Most humble

and obedient son and servant,

CHARLES.

This 9th of January 1646.

The extremity of the cold, which hath not
been felt this thirty years, (as they say)
I hope will excuse my brevity to your
Majesty, besides my want of subject.

LETTER

LETTER LIX.

To my moſt dear Brother—theſe.

My dearſt Brother,

I HAVE received your **letter by Mr.** Legge, in which, give me leave to tell **you,** you are very unkind to me, in ſaying that **I** do conceal things from you; for, my deareſt Brother, **I have not a** thought that I would not acquaint you with. He has told me of your command; and, now I have diſpatched my buſineſs, I will only ſtay to ſettle it in a way, and then will come and volunteer it with you. **My** dear Maſter, farewell, and **pray let** me hear from you as often as it is not troubleſome to you; for it is the greateſt happineſs I am capable of receiving, being moſt paſſionately,

      Dear Maſter,

        Your moſt obedient

          and faithful ſervant,

                O O O.

March 31ſt, 1647.

LETTER

LETTER LX.

A Monsieur mon Frere, Monseigneur le Prince Palatin Rupert.

Hochgebohrner Fuerst, freundlicher herzlicher Bruder!

Ewr H. angenehmes schreiben vom 20 Merz, ist mir von dem Tragern wohl uberlieffert worden, und es wird mir allezeit eine uberaus grosse **freude seyn, daß** dieselbe **in** gutem Zustand, und **in** einer avantageusen condition sich befinden. Was moeglichkeit zu Erhaltung dero Werbung bey jetziger conjunctur allhie **ist,** und wie wenig ich dazu helfen kan, werden E. H. **von obgemeldtem,** so dieselbe darin employiren, weitlaueftig vernehmen, **welcher gleichwol an** seinem fleiß nichts ersparet. Aber die prejudicia die allhie, sowol gegen der Krone Frankreich actionen, als auch E. H. boese affection zum Parlament gefaßt **find,** verursachen, daß man Dero wenig **Dienst bey** selbigen thun kan sonderlich die-**weil** man aufgiebt **der** Prinz **habe** commission

an

an etliche See capitains ertheilt, um auf die
Englifche fchiffe zu beuten, und dafs etliche
Truppen in Normandie liegen follen, welche
wenn fie mit den Englifchen und Ihrifchen
Werbungen conjungirt feyn werden, entweder
in England oder Irrland gegen des Parlaments
dienft follen employirt werden ; zumahlen fie
auch vorgeben, dafs Parlament werde Volks
felbft genugfam vonnoethen haben, und dafs die
gemeine foldaten dem Konig zuvor gedient in
Irrland, die Uebrige aber zu defenfion diefes
Koenigreichs moegen entretenirt werden. Aus
welchem allem E. H. leicht koennen abneh-
men, dafs es fchwer feyn werde etwas von
Diefelbe auf die art zu koennen erhalten, ob
ich vor meine perfohn fchon von Herzen
wuenfchte, Derofelben darin bedienlich feyn zu
koennen, und auch in aller andrer Gelegenheit
zu erweifen, dafs ich bin und verbleibe

  E. H.

   Treuer dienftwilliger bruder

      CARL LUDWIG.

Den $\frac{1}{11}$ April 1647.

       LETTER

LETTER LXI.

For your Majesty.

SIR,

YOUR Majesty's favourable acceptance of my humble respects to, and attendance upon, your person, since your coming from Holdenby, (notwithstanding the dislike you expressed of my ways, and of my reasons for them) makes me hope that, whilst I do inform myself whether I shall have the permission to wait on your Majesty, as I did lately, you will be pleased to accept this humble assurance of my joy for the safety of your person, and of my constant wishes, that a good understanding between you and the two Houses of Parliament, may restore your and the kingdom's greatness and happiness. Yet, whatever may happen to the contrary, or your Majesty may think of me, I will never forget the personal respect and observance I do owe you, as your Majesty's

Most humble

and obedient nephew and servant,

Whitehall,
this 24th of November 1647.

CHARLES.

LXII.

LXII.

*A note of such monies as were paid on the 21st of December 1647, and formerly, to Mrs. Harrington, **by** order from the Queen of Bohemia.*

Paid to Mrs. Harrington,

7° Maij 1646. In part of 500 pounds ordered to be paid her by warrant from **her** Majesty the Queen of Bohemia, **hereafter** in order following - - - £. 50

19° Novembris 1646. For a year's pension, to end at Christmas following - 60

3° Aprilis 1647. Her pension for a quarter **of a year** ended **at** our **Lady-Day** then last past - - - - - - - - 15

Copy of her Majesty's Warrant.

William, some years ago, upon an occasion, I promised Harrington five hundred pounds: when you have monies of mine in your hands sufficient to pay her, you must give it her when she shall call for it, and this shall serve for your warrant. The Hague, this 1. of August 1644.

ELIZABETH.

Westminster,

Weſtminſter, this 21ſt of December 1647.
Received of Sir Abraham William, Knight,
agent for the Queen of Bohemia formerly, fifty
pounds, as part of this order for five hundred
pounds, for which I gave my acquittance,
dated 7° Maii 1646;—and now one hundred
and fifty pounds, which makes two hundred
pounds, in part of this order for five hundred
pounds. The other three hundred pounds I
deſire may be paid as ſoon as may be into the
hands of Mr. Alderman Avery, to be made
over to the Hague, for the diſcharge of ſuch
debts as the Queen of Bohemia is engaged for
me there. In witneſs whereof I have here-
unto put my hand the day and year above-
ſaid.

—————   JANE HARRINGTON.

£. 150

—————

Witneſſes   WALTER RAWDEN,
                 SYLVANUS FRYER.

At the ſame time ſhe received alſo, for
   her penſion for three quarters of a year,
   viz. Midſummer 1647, Michaelmas
   1647, and Chriſtmas 1647 - - - - £. 45

                                   LETTER

LETTER LXIII.

A la Reine de Bohême.

MADAME,

J'AI une extrême fatisfaction que votre Majefté foit perfuadée de la part que je continue de prendre dans tout ce qui la touche, & de' la douleur que m'a fait recevoir le changement de Madame la Princeffe Louife. Il eft vrai qu'on a fait courir des bruits qui l'intéreffent, & qu'ils ont été portés jufquea dans ces provinces. Je fuis très-aife que votre Majefté ait eu la bonté de s'en ouvrir à moi ; car, outre que c'eft une marque de fa confiance, elle me donne le moyen de travailler à les diffiper, & d'en faire remarquer la fauffeté. Je fouhaite qu'ils viennent plutôt des ennemis de Madame la Princeffe de Zolern que d'elle-même, & qu'elle ne foit pas affez malheureufe pour que cette fâcheufe rencontre lui faffe perdre les bonnes graces de votre Majefté, qui avoit toujours eu pour elle une bienveillance toute particuliere, & de laquelle elle ne fauroit avoir une trop grande reconnoiffance.

noiſſance. Je puis cependant aſſurer votre
Majeſté, qu'en cette occaſion, j'aurai tous le
ſentimens que votre Majeſté m'inſpirera, &
que, ſi elle continue à me faire part de ce
qui ſe paſſera dans cette affaire, je me régle-
rai aux ordres qu'elle me preſcrira, & lui
donnerai ſujet de croire que je ne ſuis pas
moins que par le paſſé.

Si ce n'étoit point manquer au reſpect que
je vous dois, je demanderois à votre Majeſté
des nouvelles du Roi ſon neveu, & de l'état
de ſes affaires, ſur le ſujet deſquelles je ne me
puis rien reprocher. Mais l'étroite union qui
eſt préſentement entre la France & le gouvernement d'Angleterre ne me permet pas de
dire tout ce que j'ai ſur le cœur, dans lequel je conſerve pour la perſonne du Roi un
reſpect inviolable.

Madame,

de votre Majeſté,

Le très-humble, très-obéiſſant

& très-fidele ſerviteur,

LE P. DE RURENT.

Laval,
24 Fevrier 1648.

LETTER LXIV.

To the Queen.

MADAM,

THE Duke of Mecklenburg intending to kiſs your Majeſty's hand, upon his journey to his Miſtreſs, is willing to preſent his moſt humble ſervice to you, and to give your Majeſty an account of my good behaviour in this place, and how unwilling I am to pledge the many healths that are drank ſince the arrival of the Swediſh envoy, Monſ. Sparre, whom your Majeſty hath formerly ſeen at the Hague. He is ſent hither to invite this Elector to be mediator between the crown of Sweden and Polonia, at the treaty which is to be ſhortly at Lubeck. I received yeſterday letters from Munſter, which inform me that my ratifications have not yet been accepted there, becauſe my title of Archidapifer was in the frontiſpiece of them. The matter is not great, whether they do receive them or not; but your Majeſty will underſtand by Maurice, that the Duke of Bavaria is willing

to

to do his part upon much eafier terms than formerly, and that the bufinefs of the guarantee is quite laid afide. If the next poft from Nuremberg bring no alteration, I intend to fet forward towards Franckfort, very fuddenly. I fhould have been glad to have waited upon your Majefty before my going farther up; but fince we receive letters here every day, which require a fpeedy anfwer, I hope you will be pleafed to difpenfe with that duty. Maurice will alfo acquaint your Majefty with what paffed at Nuremberg concerning Franckendal, which I hope will yet have a good iffue, to your Majefty's contentment, which I fhall endeavour, whilft I live, with all the duty which oweth

Your Majefty's

Moft humble

and obedient fon and fervant,

CHARLES.

Cleve,
this ⅒ of May 1649.

 LETTER

LETTER LXV.

To the Queen.

MADAM,

YESTERDAY I received your Majesty's of the $\frac{1}{11}$ of May, and acquainted the Elector with the great lye which Henfliett made of your Majesty; in which good quality, besides his horns, he may outvie the devil: therefore the Elector was very apt to believe it came from him, though he had as yet had no notice of the thing; but he told me, that he understood by Swerin, that his wife had waited upon your Majesty, and I am sure it was by his express commands, because he told me of it when first he received letters of the dispute with the Princess Royal, that **he** would give order for it. I doubt not but your Majesty hears that they are likely to agree at Nuremberg, and that the Imperialists have accepted, *ad referendum*, **of** the proposition which hath been made to them, by means **of** the Brandenburg Ambassador, with the good liking of the Swedes. That the Emperor

5

should oblige himself to get Franckendal ren-
dered within three months, and in the mean
time Hermenftein is to be delivered up to me.
The Emperor hath also written a very effectual
letter to the Duke of Bavaria, to reftore his
part of the Palatinate to me immediately ; fo
that I intend to go towards Franckfort, God
willing, towards the end of next week. For
though my ratification hath not yet been accepted at Munfter, becaufe the title of Archidapifer is ftill in it, yet they are willing to
give me a recepiffe that I have offered them,
and that there was no other fault in the form
of them : neither is it reafonable that I fhould
omit it before all be performed which is
promifed on their fide. The King's anfwer
to the Scots, as your Majefty is pleafed to
relate it, is, in my poor opinion, very pru-
dent, fafe, and rational. I wifh thofe in
England may be as good prophets as they
pretend to be, and that your Majefty may
enjoy your jointure very fpeedily, and I am
fure it fhall not be my fault if you do not :
but if we may believe thofe that come from
thence, it is in fuch a condition, by the French
and Swedes quartering there, and the conftant

incurfions

incurfions of the Spanifh in Franckendal, that
it will be a good while before it will be in a
pofture to furnifh what it ought to do to your
Majefty ; which they are not ignorant of
who make that an excufe to cover their bafe-
nefs and difaffection to your fervice and
your family's, whom they are only apt to
pleafe when nobody elfe cares for them.
Though your Majefty was pleafed to recommend the bufinefs of Franckendal to the Englifh Ambaffadors that go to Spain, yet I
hope you will alfo defire them to be careful not to enter into any treaty with them
about it ; for that would give the Spanifh
an excufe to keep it longer, under colour of
a particular treaty about it with England, and
fo make ufe of their old fhifts to put it off
from time to time, and caufe jealoufies with
the French and Swedes, for to make them
flacken in prefling its reftitution.

It is true, Madam, I did not write to the
Queen your fifter, during my being in England, nor fince ; for until the King and
Parliament were agreed, I being with the
Parliament, it was not fit nor fafe I fhould
keep correfpondence with her ; befides that
by

by thofe difcourfes which fhe hath held of me,
both to the Queen regent of France and others
(as I am well informed) before the King's
death and fince, I had very good caufe to believe that my letters would not only be unacceptable, but alfo would be made ufe of to
my prejudice. And though the late King
and this, in confideration of your Majefty,
have ufed me civilly, yet I have no caufe to
believe that I am in a better predicament with
the Queen than I was formerly; and that my
letters to her, now I am come from England,
and that thofe there feem to be angry with
me for having been with the king, and re-
fufing to fee Strickland, may not be interpreted (efpecially fince it comes fo late) as a
refpect to her, but as driven to it for want of
the former *appui,* and that I believe more in
the King's fuccefs than theirs : therefore I
fhall humbly expect your Majefty's farther
pleafure in it, after you have confidered of
thefe my reafons before. I do refolve to writ
to her Majefty, which I hope you will no
be diffatisfied with, fince you have ever giv

me

me the liberty humbly and freely to offer
my thoughts unto your Majesty ; being

Your most humble

and obedient son and servant,

CHARLES.

Cleve, this — 24th May / 3d June — 1649.

LETTER LXVI.

To the Queen.

M A D A M,

IF the Reichs Pfenningmeister at Franckfort do not make good his second and
third month, as he hath not yet done, I shall
make good the sum out of the monies I am
to receive at the present Franckfort-fair for
the Bergstrasse, since the contributions for
Heilbron are so far behind-hand, that I am
not likely to get any of it suddenly for my
own use, and what is had at present goes to

the

the garrifon. But if the Elector of Mayence fail me, then I am banquerout, both with your Majefty, the merchants at Franckfort, and my own fervants : but I hope better, fince all is concluded between me and him, and they are now upon taking of the bounds of what is to be given and left on either fide. I do not wonder at the King's comply- ing with the Scotch or Argyle's party in all things, fince once he trufted himfelf into their hands ; and they write from London that he hath done public kirk-pennance, the truth whereof, if it be meafured according to the ftrictnefs of their difcipline, may well not be doubted of ; elfe I fhall not give credit unto it, until I hear it from your Majefty. By the former poft I fent to Maurice a copy, for your Majefty's ufe, of what I fent to the Electrice concerning the Tranfylvanian bufi- nefs ; if it can be brought higher, it will be fo much the better. The Ambaffador that is here, and pretended to treat with me about it, though he have no fufficient power, I have, with a civil anfwer of neither aye nor no, re- ferred to the Electrice, to whom his com- miffion is directed, (having only brought me

letters

letters of credence from the prince regent and his mother) as also your Majesty's confent. But for my part, I like the other match propofed to her much better, though this will be more profitable for her for matter of money. I have written to Vienna to inform myfelf how things ftand with him, and whether the Emperor gives him the title of Prince, which he pretends, becaufe (as the Ambaffador fays) the principality is by the States entailed upon his family. The Princefs of Tarente is here now, with her young fifter; fhe is much altered for the better in her fafhion and behaviour; the niggardlinefs of her mother, which fhe much complains of, hath done her a great deal of good. I fhall obey your Majefty's commands concerning Nelfon, as far as is poffible. As for honeft Mr. Avery, I fhould be glad I could do for him as your Majefty propofed; but there is nothing acknowledged due to me in England : and for my arrears, they were employed for the payment of debts in Holland, and was fain to acquit 3,600 pounds fterling, for to have 2,400 pounds for that purpofe. I have nothing elfe to inform your Majefty of

at

at this time; but, recommending myself to your gracious favour, I rest,

Madam,

Your Majesty's

Most humble

and obedient son and servant,

CHARLES.

Heidelberg,
this ¼ September 1650.

LETTER LXVII.

To the Queen.

MADAM,

I SHALL give order for the reimbursement of Carl, for the coach, according to your Majesty's commands. I took the boldness to give your Majesty an account, by my last, why I did not invite the King your nephew to be god-father to the child, whereby your Majesty will see it was not out of any neglect. Secretary Maurice will shew your Majesty the King of Spain's power to his Am-

3

bassador

baſſador at Vienna, about the delivery of
Franckendal, which is ſubject to ſeveral *ifs*
and *ands*; ſo as it is to be feared they only
ſeek, according to their laudable cuſtom, to
protract time for to gain another ſummer. So
that I am much confirmed thereby in my belief,
that as long as Philipſburg is in the French
hands, or the war continue between that crown
and Spain, they will not quit Franckendal.
Captain Titus's neglect of his letters looks very
oddly; I hope he hath no ſhare in the treaſon
of his man, for to ſome in the eſtates of
thoſe that are concerned in it. I am ſorry
the Duke of Richmond ſhould come into
the misfortune which is noiſed of him; but
I wonder the King would engage thoſe other
young colts which are named, except Belaſ-
ſiſe, into a buſineſs which needed riper under-
ſtandings, and better reſolution, than I know
ſome of them could have. I doubt my lord
Bellaſiſe will ſuffer moſt, becauſe he is the
only fit man amongſt them for the conduct
of ſuch a buſineſs. We have looked with
admiration upon the picture of the Dame *ſans
reproche*; and if it were not a fault to rob
your Majeſty of ſo neceſſary a perſon, I ſhould

offer

offer him the place of *dame d'honneur* here,
for we want one, and I am sure his precepts
and practice (when he is in cold blood) would
be a very good example to both sexes. I rest

Your Majesty's

Most humble

and obedient son and servant,

CHARLES.

Heidelberg,
this 3d of May 1651.

LETTER LXVIII.

Sans Adresse.

Ce 25 Novembre 1653.

MONSEIGNEUR,

SANS que votre Altesse m'ait permis de
l'envoyer voir, je n'oserois pas prendre
la liberté de m'acquitter de ma parole, en
vous faisant savoir que je crois que le mal n'est
pas si grand comme l'on m'a voulu persuader.
Si vous prenez la peine de venir en la maison,

j'aurai

j'aurai encore l'honneur de vous aſſurer de
mes très-humbles reſpects. Je ne puis vous
mander aucune particularité ; le mauvais tems
m'a empêché d'en prendre. Si votre Alteſſe
en ſait quelqu'une, elle a eu la bonté de me
promettre de me les faire ſavoir : je l'en ſupplie, & de me permettre de me dire,

Monſeigneur,

Votre très-humble

& obéiſſante ſervante,

LA BOHEMIENNE.

Je ſupplie votre Alteſſe, qu'on ne ſache
point qui prend la liberté de lui écrire.
Cet homme eſt fidele : ſi vous avez
la bonté de me faire ſavoir de vos
nouvelles, que ce ſoit par lui. Si
vous allez Dimanche à la chaſſe, &
que cela n'incommode point votre Alteſſe, je la prie de paſſer par ici.

LETTER

LETTER LXIX.

To the Queen.

MADAM,

THE intermiffion of a three months laft-
ing pain in my right fhoulder is not fo
fatisfactory to me, as that it renders me more
able to give your Majefty moft humble thanks,
though in an ill character, for the care you
were pleafed to fhew of my fad accident,
which I defired my fifter Sophia to perform
for me, whilft I was fo unfit for that duty,
as I am ftill, to my great grief, for the other
your Majefty may require of me : and though
I ever longed for the honour and happinefs
humbly to kifs your hands in this place, yet
now I fee the relation of my prefent condition,
as it is made by your own, as well as my fervants, is fo little credited, I am the more earneft
to wifh that your Majefty may be an eye-witnefs
of it ; and then I am confident your Majefty
will have a better opinion of my endeavours,
though never fo little confiderable to you at
prefent. The laft poft from Ratifbon brought

me

me the final agreement between the Duke of Simmeren and my Ambaſſador there, which is now drawing up. This is the ſum of it :— He leaves to me at preſent two thirds of the Ampt Stromberg, one fifth of the revenue of the Ampt Creutznach, and ſome certain church-lands in the Ampt Lantern, with the vote and ceſſion of the principality ; and after his and his wife's deceaſe the whole Ampt Lantern, except Ottenberg. The reſt remains according to the brotherly diviſion. If I had been ſure of a quick diſpatch in law, I ſhould not have quitted my right at ſo ſmall a rate ; but ſince friendſhip is more worth than long pleading, I have condeſcended to the aforeſaid agreement. As for what your Majeſty is pleaſed to command about the changing the drunken Caſtelain at Rheims for Grand Inn, I am ready to obey you as ſoon as I can, by giving the other ſome content for his arrears, diſpatch him, and agree with this about his entertainment. Your Majeſty will well perceive by all my writing, that though my pain be almoſt ſpent, yet a great weakneſs continues in the nerves of my arm and hand, which are ſomewhat withered, and not with-

out

but pain, now whilſt I write, or when I uſe it any other way; which I hope will plead for my ſcribbling, as my other inabilities for not ſhewing that duty and obedience, which in all poſſible ways I ſhall endeavour whilſt I live, as

Your Majeſty's
Moſt humble and obedient

ſon and ſervant,
CHARLES.

Heidelberg,
this 26th November 1653.

LETTER LXX.

Sans Adreſſe.

Ce 12 Décembre 1653.

MONSEIGNEUR,

JE ſuis en toutes les peines du monde de votre ſanté; l'on m'a voulu faire croire qu'elle n'eſt pas auſſi bonne que je la ſouhaite. Si vous pouvez m'en mander des nouvelles ſans vous incommoder, vous m'obligerez in-

M

finiment.

finiment. Je vous assure que je ne manquerai
pas de la demander à Dieu de tout mon cœur,
& à être toute ma vie,

> Monseigneur,

>> Votre très-humble

>>> & très-obéissante servante.

La madame qui eut l'honneur de vous
voir avec moi, vous salue avec respect ;
elle a bien de l'impatience qu'elle ne
sait en quel état vous êtes. Si vous
me mandez quelque chose à lui dire,
elle souhaite que ce soit en un papier
particulier. Je ne vous en dis pas davantage pour aujourd'hui.

N. B. Sans Signature.

Sans Adresse.

MONSEIGNEUR,

JE me donne encore l'honneur de vous écrire par la voie de ma tante, pour vous assurer de la continuation de mes respects : j'appréhende bien qu'ils ne vous soient enfin importuns ; mais cette pensée ne me fera pourtant jamais cesser, si vous ne le voulez absolument. J'ose même vous dire que ce ne seroit pas sans une extrême violence que je vous obéirois. Vous ne le devez pas trouver étrange, puisque je trouve toute ma satisfaction à vous dire que je serai toujours à vous, malgré tout le monde. Ne me refusez pas, s'il vous plaît, la grace que je vous ai demandée, qui est de nous donner une heure de tems avant de vous en aller ; au moins si vous n'y avez de la répugnance : car, pour le bruit de la ville, il n'en sera pas plus grand. Nous avons tant de choses à vous dire, & si plaisantes, que je crois que vous en rirez. L'adieu que vous avez fait à Madame la Prieure ne vous

en

en doit pas non plus empêcher ; elle fera ravie
d'avoir l'honneur de vous voir, & vous lui di-
rez que c'eſt à cauſe qu'elle vous en a prié.
Perſonne n'a vu ma lettre, mais ne me man-
dez rien, ſinon ſi je vous verrai, ou non. Ex-
cuſez-moi, je vous prie, & permettez-moi de
me dire toute ma vie,

       Monſeigneur,

          Votre très-humble
           & très-obéiſſante ſervante.

    Pardonnez ſi je vous fais reſſouvenir des
ſecrets que vous **m'avez** promis : ce
ſont les mêmes **que vous avez** donné à
Madame **la Prieure.** Je vous prie de
me les envoyer, **ſi** vous ne venez **pas ;**
je vous prie encore de trouver un moment pour nous faire cet honneur.

    N. B. Sans Signature.

LETTER LXXII.

Sans Adresse.

Ce 1 Décembre 1653.

MONSEIGNEUR,

JE ne puis rien vous mander de ce que je vous avois promis : fi vous avez toujours de la bonté, prenez la peine de venir demain comme à la coutume, ou quelqu'autre jour, fi vous le voulez, & l'on pourra fatisfaire votre curiofité. J'ai bien peur que cela ne vous importune, auffi bien que de voir fi fouvent des lettres de,

Monfeigneur,

Votre très-humble

& très-obéiffante fervante.

Vous favez bien celle qu'il faut demander.

N. B. Sans Signature.

LETTER LXXIII.

Sans Adresse.

Ce 3 Décembre 1653.

MONSEIGNEUR,

JE crains que votre Altesse ne soit importu-
née de voir que je me sers si souvent de la
liberté que vous m'avez donnée de vous écrire;
vous me ferez, s'il vous plaît, la grace de
croire que ce n'est que pour vous donner de
nouvelles assurances de mes obéissances, & non
manque de respect. Si je commets des fautes
j'espere que vous aurez la bonté de me pardon-
ner, & de souffrir que je me dise toute ma vie,

Monseigneur,

Votre très-humble

& très-obéissante servante,

LA BOHEMIENNE.

Je vous écris au lit, c'est ce qui est cause
que je ne vous mande pas davantage.
Après votre réponse, si vous me faites
l'honneur de me la faire, je vous man-
derai si je serai guérie, & ce que vous
voudrez savoir.

LETTER

LETTER LXXIV.

To the Queen.

MADAM,

I AM forry your Majefty hath taken a refolution, concerning Mrs. Cary, contrary
to our hopes and humble petitions, which
your firft letter concerning that point put
me in hopes you would fufpend until your
arrival here. But as it is not fit for me to
order the ranks of your Majefty's domeftics,
I fhall only crave leave to reprefent to you,
that it will be a great difcouragement to them
all, if they find that new-comers fhall difplace
thofe that have long, and with that fidelity,
ferved in your family. As for my brother
Maurice, my brother Rupert (who is now
here) thinks the way by the Emperor's agent
at Conftantinople too far about for his liberty
(if the news be true) ; but that from Mar-
feilles we may beft know the certainty, as alfo
the way of his releafement. I humbly be-

M 4

feech

feech your Majefty to pardon my brevity in
this letter, which I write in hafte, fince we
are inftantly to go abroad, to meet the Duke
of Simmeren, who comes from his long travels with fixty perfons and fixty-two horfes :
therefore I beg leave to end, profeffing myfelf,
as I am bound in duty,

Your Majefty's

Moft humble

and obedient fon and fervant,

CHARLES. P.

Heidelberg,
this 1/4 June 1654.

LETTER LXXV.

A Monsieur mon Frere, Prince Palatin,
à Vienne.

TRES-CHER FRERE,

J'AI reçu la vôtre du 19me d'Août, & m'é-
tonne que je n'apprends fi vous avez reçu
aucune des miennes, celles qu'il vous a plu
prendre de moi pour Meffieurs de la Cour
Impériale. Vous les pourrez faire délivrer
felon que vous le trouverez à-propos, & que
vous jugerez qu'ils vous puiffent fervir. Vous
voyez que je n'ai pas mal jugé de M. l'Ambaffadeur d'Efpagne, & que c'eft une perfonne
fort généreufe, qui ne manquera pas de fervir
fes amis, fi l'on s'applique à lui. M. Bunckley vous mandera les nouvelles de la Cour
d'Angleterre, & je vous envoie ci-joint ce que
le Roi me mande fur l'avertiffement que je
lui ai donné par ledit fieur Bunckley. Vous
faurez mieux ce qu'en juger que moi, & que
peut-être ce petit fripon de Tailor fait ce qu'il
fait, de fon propre mouvement, fans ordre du
Roi. Je vous envoie ci-joint le St. George,

qui

qui n'a pu être achevé plutôt : l'orfèvre l'a
fait affez groffierement ; mais c'eft un ivrogne
dont on ne peut avoir ce qu'on veut. Je penfe
que nous **aurons** ici une petite guerre avec
l'Evêque de Spire, qui, entr'autres torts qu'il
me fait, ne veut permettre **le paffage** à mes
gens à Deidefheim, c'eft-à-dire **le golrit ou**
alleman, que de tout tems on **a eu** audit lieu,
tellement qu'il le faudra forcer. Je vous
fouhaite une bonne & prompte expedition
dans vos affaires, & demeure,

Très-cher frere,

Votre très-affectionné

& fidele frere & ferviteur,

F. C.

D'Heidelberg,
ce 25 d'Août 1654.

LETTER

LETTER LXXVI.

A Monſieur mon Frere, Prince Rupert,
Palatin, à Vienne.

Heidelberg,
ce 25 de Septembre 1654.

TRES-CHER FRERE,

DEPUIS notre voyage à la foire de Francfort, j'ai reçu les vôtres du 10me &
16me de Septembre, & vous ai beaucoup d'o-
bligation de l'offre qu'il vous a plu me faire ;
mais je ferai très-marri que, pour un démêlé
de fi peu de conféquence, vous euffiez négligé
vos affaires plus preffantes. Car quoique ceux
Deidefheim ont fort fait les mauvais ; &
même, attendu la force, néanmoins ils n'ont
fait aucune réfiftance, fouffrant qu'on ouvrît
leurs portes. J'en ai donné entiere informa-
tion à fa Majefté Impériale il y a huit jours,
& j'efpere qu'on ne trouvera mauvais que je
me tienne en poffeffion des droits que j'ai eu
devant & depuis la guerre. Si cette affaire
fût allée plus avant, je n'euffe pas manqué
de vous en avertir. Cependant je vous fup-

10

plie

plie de me mander comment l'Empereur &
fon confeil prend cette action, comme auffi
ce que vous avez appris de l'Ambaffadeur de
Brandebourg. Je vous envoie le chiffre que vous
demandez (s'il peut être prêt à cet ordinaire)
de quoi je vous euffe pourvu plutôt, fi j'euffe
cru que votre abfence eût tant duré. Au
refte, vous n'avez qu'à me propofer les moyens comment je dois appuyer votre affaire,
& vous me trouverez toujours prêt à vous fervir en celle-ci, comme en toute autre occafion. Neuman m'avoit déjà envoyé le réfultat
du Confeil Aulique touchant votre affaire ;
je ferai bien réjoui d'apprendre que Meffieurs
de la Chambre y aient auffi fait leur devoir.
Vous aurez fans doute appris la défaite du
Prince Janus Ratzevil par les Mofcovites : il
me femble qu'en la Cour Impériale l'on n'en
doit être moins alarmé que de la difgrace devant Arras, car ils peuvent venir à plein
pied jufqu'en Siléfie, & plus outre. Le Colonel Moore, qui doit aller en Suede pour
la ratification de ce que le Prince Adolfe &
moi fommes tombés d'accord, & ce en douze
ou feize femaines, n'eft encore paffé par ici,
mais attendu à toute heure de Dulach où ledit
Prince

Prince eſt encore avec ſa ſœur. Je ſerai bien aiſe de ſavoir ce que l'Ambaſſadeur d'Eſpagne en dit, & demeure toute ma vie,

Très-cher frere,

Votre très-affectionné frere

& ſerviteur,

F. C.

Le Duc de Simmeren nous a vu à Hort, en paſſant pour être au baptême d'un fils de Madame la Landgrave de Caſ-fel, où je ſuis prié auſſi ; but I do not love to go a goſſiping. Ayez ſoin de ne vous laiſſer amuſer avec les Romer Monath.

LETTER

LETTER LXXVII.

*A Monsieur mon Frere, Prince Rupert,
Palatin, à Vienne.*

Heidelberg,
ce 1⅜ d'Octobre 1654.

Tres-cher Frere,

QUOIQUE votre derniere me fasse croire que celle-ci ne vous trouvera plus à Vienne, néanmoins je l'ai voulue hasarder, pour vous dire que les quinze couples de chiens que vous avez demandé de St. Ravy font arrivés hier, comme vous le verrez par la ci-jointe qu'il vous écrit pour ce sujet. Il y en a d'assez beaux, mais je doute fort qu'on s'en puisse servir en ce pays, & la cause que je vous ai souvent dit, si ce n'est de quelques-uns sur le sanglier. Cependant on les accommodera le mieux qu'on pourra jusqu'à votre arrivée, puisque vous êtes content de vous charger de ceux dont je ne pourrai me servir. Pour les chevaux de carrosse que St. Ravy prétend, je ne sais comment en trouver sitôt ; mais l'écuyer du Roi de Danemark

me

me fait efpérer une bonne quantité de jeunes chevaux, fur la fin de l'année, que le Roi me veut donner de fon haras, comme il a fait au Duc de Wirtenberg ; & ne manquerai pas d'en faire fouvenir ledit écuyer, qui fe tient à préfent à Stutgard, auprès du Duc : auffi pourra-t'on retenir les chaffeurs ici cet hiver. Je fuis très-ravi d'apprendre que vos affaires vont fi bien à la Cour Impériale ; & efpere, au prochain ordinaire, d'en voir le bout à votre entiere fatisfaction. La mienne eft très-entiere, de ce que vous croyez que j'y aie pu contribuer en quelque chofe ; & ce fera toujours mon deffein, de vous faire paroitre, en toute occafion, avec combien de fincérité je fuis,

Très-cher frere,

Votre très-affectionné ferviteur

& frere,

F. C.

Je vous prie de ne trouver mauvais que j'aie ouvert la lettre ci-jointe, puifque je pouvois bien croire qu'il n'y pouvoit avoir rien que ce qui concernoit les chiens.

LETTER

LETTER LXXVIII.

To the Queen.

Madam,

I AM extremely joyed to fee, by your Majefty's gracious letter, as well as by what Sir Charles Cottrel writes, that it will not be your fault if you do not blefs us with your prefence here; which I am the more encouraged to hope for, fince the making of a peace between Cromwell and the States may produce the payment of your creditors, and a greater unfitnefs of your abode with them. Though I know there is nothing here can add any pleafing caufe to that neceffity, if your Majefty's grace and favour do not fupply its original and accidental means, and other inconveniences, which yet I hope we will keep in their own turbulent fphere, without trouble to the higher region. I fhall, by your Majefty's permiffion, defire to know in time which lodgings you will be pleafed to make choice of at Henry's; building, and in it the Emperor's lodgings for yourfelf, and the

rooms

rooms above for your women; to which there
is a new ftaircafe made from the faid lodgings which Sir Charles Cottrel hath not feen;
or the upper rooms in my grand-father's build-
ings (which are upon one floor with the ruined
glafern faal) for yourfelf, and your women as
abovefaid; which, in that cafe, will be fomewhat farther from your perfon, than if you
lay below, except you would have them in
the rooms above the Frawenzimer, where I
hear the Duke of Deux-Fonts lay, which is
nearer. I fhall expect your Majefty's commands herein, and other particulars from Sir
Charles Cottrel, to whom alfo I do refer myfelf concerning the other points of this letter.
I fhall not fail to obferve your Majefty's commands touching the two cabinets your Majefty defires; but I doubt we fhall hardly find
two of equal goodnefs upon one floor. I believe
your Majefty will have the Princefs of Zolern's Marquis of Bady here very often; he
is a very gaudy old gentleman, and pretends
much friendfhip to us, but I doubt he is
fomewhat double, at leaft is reputed fo. He
was here yefterday; and being a judge of
the chamb' of Spier, will refide there with his

. N   family.

family. His two eldest fons have much wit, and are well bred ; of which I can name few more in our own country that are more converfable, and the women as little, and what they imitate in ftrangers is ftill the worft part. Thofe that are for the French have nothing from them but their cloaths, in good letters but ill fpelled, and the *affetteries* of the *Marais*, from whence they have all their modes ; and thofe that are for the Spanifh fhew it in their *guard infantes* only, in every thing elfe as dull or impertinent as can be. We have patched up another peace, upon fatisfaction for what is paft, and promife of amendment for the future, of which I have but little hopes, confidering it is abfolutely the uncle's humour; and what at firft was thought peevifh, is now feen clearly to be an unalterable difpofition. I think myfelf moft bound to your Majefty for your gracious wifh ; and had been glad to have known the King my father's flying, when I fpoke to your Majefty of my intentions, at my laft coming out of England, in your bedchamber. But any ftranger will be deceived in that humour, fince towards them there is nothing but mildnefs and complaifance,

plaifance, until accuftomed to them. Patience! every one muft bear their tafk, and it is mine to bear feveral ones. If I may deferve your Majefty's conftant favour, it will be the greateft comfort to

Your Majefty's

Moft humble and obedient,

though unfortunate fon and fervant,

CHARLES.

Heidelberg,
this 3d February 1654.

LETTER LXXIX.

Sans Adresse.

MONSEIGNEUR,

J'AI pris la hardiesse de vous écrire trois diverses lettres, sans avoir l'honneur de recevoir de vos nouvelles, pour les faire savoir à une personne qui est en toutes les peines du monde d'en apprendre. C'est pourquoi, Monseigneur, je prends encore cette liberté d'y joindre cette quatrième, pour **vous** supplier très-humblement que je sache l'état de votre santé. Je demeure encore dans la rue Coutillerie, au Lion d'Or, où j'attendrai avec impatience l'honneur de vos commandemens, en qualité de,

Monseigneur,

Votre très-humble

& très-obéissant serviteur,

CHALENDADE

A Paris,
ce 18 Avril 1655.

LETTER LXXX.

A S. A. Monseigneur le Prince Rupert.

Monseigneur,

Grace à Dieu, je me vois libre, & pré-sentement en état d'aller rendre compte à votre Alteſſe de ce que j'ai fait avec M. le Cardinal, qui m'a témoigné de vouloir donner toute ſatisfaction à votre Alteſſe, & la faire payer au plutôt de ſon ordonnance.

M. Pawel eſpere de jour à autre, ainſi que j'ai ci-devant écrit à votre Alteſſe, que les habits & meubles de Madame la Princeſſe Sophie ſeront achevés, avec leſquels je partirai à même tems.

La Cour eſt en cette ville, où Mardi dernier le Nonce du Pape alla trouver leurs Majeſtés, auxquelles il fit un très-judicieux diſcours concernant l'élection du Pape. Le Roi lui fit réponſe que, s'il ne fût venu, il avoit réſolu de l'envoyer quérir, pour lui témoigner la joie qu'il reſſentoit de ce que le Sacré College a élu le Cardinal Ghigi pour Pape, étant rempli de toutes les bonnes inclinations qu'il étoit à

N 3

souhaiter

souhaiter pour la paix générale. Sa Majesté espéroit que sa Sainteté seconderoit ses desseins pour avancer cette même paix ; ce que la Reine, qui étoit **présente,** confirma, en disant, qu'il **avoit si bien travaillé du tems** qu'il étoit à Munster, que l'on devoit espérer que sa Sainteté dira la vérité, & comme quoi il n'avoit **tenu à la** France que ladite paix ne se fît point avec l'Espagne ; sur le sujet de laquelle sa Majesté com**muniquera plus** particulierement ses sentimens. On parle fort que **M. le** Cardinal envoit l'Abbé Ondedey à sa Sainteté, pour le congratuler de sa part sur sa nouvelle élection. Le dernier courier arrivé **de Rome, dit que sa** Sainteté envoit **le** Cardinal **Bichi pour nonce en** cette cour, **&** Lugo **en** Espagne **;** & que le Cardinal Antoine Barberin & M. de Lyonne levent du monde sourdement, qu'ils envoient avec des ammunitions au Duc de Modene ; que le **Comte** de la Serre & le Marquis de Valavoire doivent joindre **le** Duc de Modene, **&** entrer dans le Milanois du côté de Crémone, lorsque le Prince Thomas fera ses efforts d'autre côté.

Le Marquis de Lafare, Gouverneur de Rose, qui étoit venu en cour solliciter de l'argent, & t

il

il avoit befoin pour réparer des baftions de la place, ayant eu avis que le Roi avoit donné fon gouvernement au Marquis de Gadagne, étoit auffi-tôt retourné pour s'y aller jetter ; mais il a été arrêté à Montpellier par ordre de fa Majefté. Mercredi dernier le Parlement s'affembla, fuivant la permiffion que M. le Tellier en apporta au premier Préfident, de la part de fa Majefté, qui leur permet d'ordonner des remontrances pour la modification des édits.

L'on continue à traiter du mariage de la demoifelle Martinozi avec le fils du Duc de Modene. Celui de M. de Guife avec Mademoifelle de Manchini n'eft encore conclu, ls Comteffe de Boffu ne voulant accepter les offres qu'on lui fait ; outre que l'on dit que M. le Cardinal fait de grandes diftinctions entre la conftance de M. le Grand-Maître & celle de M. de Guife. M. Duquefne eft depuis deux jours parti de cette ville pour aller vifiter les côtes de Normandie & la frontiere de Picardie, avec ordre de les faire mettre en état de défenfe, en cas de rupture avec les Anglois, lefquels ont encore depuis peu pris dix-huit barques qui étoient pour aller pêcher

de

de la morue. L'Ambassadeur de Gênes, qui
étoit passé en Angleterre, en est retourné depuis peu avec satisfaction. C'est

De votre Altesse,

Monseigneur.

Le très-obéissant, très-fidele,
& obligé serviteur,

Du Cuoqueux.

Paris,
le 23 Avril 1655.

LETTER LXXXI

Sans Adresse.

Monseigneur,

Le Colonel Tragner m'ayant cejourd'hui
rendu la lettre de votre Altesse, en date
du .. du mois passé, je l'ai en même tems été
présenter à son Altesse le Duc d'York, qui a
été autant ravi de recevoir des lettres de votre
Altesse, que les arquebuses raydes qu'elle lui
envoye; sur quoi elle m'a promis d'écrire
votre Altesse.

M. de

M. de St. Ravy eſt continuellement en campagne : je ferai en ſorte, s'il vient en ville avant mon partement, de lui faire voir le limier & les levriers que l'on m'avoit offert pour chaſſer le loup, & ſur iceux prendre ſes ſentimens.

Je ſuis contraint de retarder mon partement ſur ce que les hardes de Madame la Princeſſe Sophie & de ſon Alteſſe le Prince Adolphe n'ont encore pu être viſitées ni acquittées de la coutume ; mais je ſuis certain, & ai eu parole des maîtres d'icelle, que Lundi le tout ſera expédié, & ainſi je pourrai partir enſuite avec le premier meſſager de Langres.

La Reine de la Grande Bretagne eſt ici en meilleure ſanté qu'elle n'a eu depuis longtems, affligée de la mort de Madame Demby. La cour ſera encore huit à dix jours en cette ville, puis doit aller à Chantilly, Compiegne, & à la Ferté, où elle verra vers le 20 du mois ſuivant toute ſon armée pour Flandres.

L'Ambaſſadeur de Gênes, qui étoit depuis peu de jours retourné d'Angleterre, eſt parti d'ici pour Gênes, après avoir eu diverſes conférences avec M. le Cardinal. Le dernier courier qui eſt arrivé de Londres, a porté des
lettres

lettres qui témoignent bien que Cromwell est présentement plus éloigné de traiter avec la France qu'il n'a jamais été. Les avis de Flandres nous assurent que la Reine Christine renvoit le Comte de Tot à Londres, & M. le Prince de Condé le sieur de St. Etienne, pour traiter quelque chose de grand en leur nom avec Cromwell ; & que le Marquis de Laiden, Gouverneur de Dunkerque, étoit pour partir en bref, comme Ambassadeur extra-ordinaire vers ledit Cromwell. L'on parle que Messieurs de Vendôme & d'Epernon sont pour aller Ambassadeurs extraordinaires à Rome, & que l'on a ordonné de faire hâter l'armement de Provence, qui doit être de plus de cent voiles, tant navires, galeres, que brûlots ; & il se dit que M. de Mercœur en sera Amiral.

M. le Maréchal de la Ferté Senneterre se prépare pour s'en retourner en Lorraine, où il doit avoir un corps d'armée de dix à douze mille hommes, pour entreprendre quelque grand exploit. Rocqueby est depuis peu de jours hors de la Bastille, d'où le sieur Robert Welshe ne peut sortir.

Le Duc de Modene a fait supplier le Roi
de

de permettre que le Comte de Broglio allât commander les troupes que ce Duc deſtine contre le Milanois ; & ſa Majeſté lui a accordé ſa priere. Ce Comte doit partir dans huit jours, & de plus a permis la levée d'un régiment François qui doit être compoſé de quarante compagnies ; & dès à-préſent les capitaines ont touché 2,000 livres : il ſera appellé le Régiment des Gardes de ce Duc.

M. le Grand-Maître a fortement pourſuivi pour la concluſion de ſon mariage avec Mademoiſelle de Manchiny ; mais M. le Cardinal a encore différé juſqu'au retour de la campagne. Etant tout ce que je puis informer votre Alteſſe, je lui reſterai,

Monſeigneur,
Très-obéiſſant, très-fidele,
& très-obligé ſerviteur,
De Choqueux.

Paris,
le dernier d'Avril 1655.

LETTER

LETTER LXXXII.

A mon Fils le Prince Rupert, à Cassel.

Upon betwixt Delf and Delf's haven,
May 19th N. S.

A s I had written to you this morning, and sealed my letter, there came a captain of a little frigate, and gave me a letter from K. to the same purport as that which Thom. Doleman brought to I. from P. R. I have returned answer that it cannot now stay here, since Queen had all shipped, and taken farewell of all public and private, not having any handsome excuse to stay; that if it were King did do it, it would be taken as disaffection to her, which would make her despised in all places; that when she had seen him, she would stay no longer than he shall think fit. She has written to Chan. desiring him as her friend to help her in this, and let him know what she has to write to K. I have met with S, who is not changed; she looks well. E. is received co-

adjutrice

adjutrice at Neyford, which I had forgot to
tell you in my **letter**. **I go** with a resolution
to suffer all things **constantly,** I thank God he
has **given** me courage; I shall not do as poor
Neece, but will resolve upon all misfortunes.
I love you ever, my dear Rupert. I forget to
tell you that K. said, that both by L. Ar. and R.
he had let me know that **I should** not come till
K. thought it **fit. I** answer not that to King,
but tell Ch. **that I** thought it was only about
the coronation, not to have then that trouble
and charge. My next shall tell you more.
Adieu, dear Rupert.

Indorsed 1655.

The above letter was written by the
Queen of Bohemia.

LETTER LXXXIII.

A Monsieur **Monsieur** *Freis, Lieutenant-Colonel
& Commandant, à Heuelberg.*

Frankfurt, d $\frac{4}{14}$ May 1655.

Wohl Edler Geftrenger Hochgeehrter Herr
Obrift-Lieutenant Werther Herr Bruder.

ICH bin allhier gluechlich angelangt, un-
terwegens eins **unds** andre beftellt, ver-
meint ein Knecht oder etliche zufammen-
zubringen, und mit meinem Sohn, den ich
hier angetroffen, hinaus zufchicken : **habe un-**
terfchiedliche Leute **auf Werbung** geftellt :
find viele **Werber :** wohin man kommt trifft
man Werber an. Herzog Ulrich von Wuer-
temberg ift geftern hieher gekommen, und
wird morgen wieder hinweg ins Niederland ;
er nimmt **an** wo Er bekommen kan. **Ich**
habe allhier **mit** einem Juden, genant Mofes,
zum Armbruft einen Wechfel gechloffen nach
Nurnberg **fur** 2000 Rthlr. dafur ihm in
Nurnberg **zwey** um zwey caution geleiftet
wird. Alles das geld mufs dem Juden zur

Heidelberg

Heidelberg und nicht zu Baſel geſchoſſen werden ; muſs 2½ per cent. geben. Der Herr Obriſt-Lieutenant wolle es dem Prinzen re-feriren, damit keine Zeit verſaumt wird. Ich werde mich hier nicht aufhalten ſondern an einen Ort gehen, da ich Lothringer und Spa-nier kan bekommen. Will dem Herrn Obriſt Lieutenant allezeit mit Briefen bewuerdigen. Dieſmals mehreres nicht, denn bleib nebſt Empfehlung Goettlicher Gnade,

Meines hochzuehrenden Herrn
Obriſt-Lieutenants obligirten
K. V. Bruen,
MARX ANDREAS SONER,
Obriſt-Lieutenant,

LETTER

LETTER LXXXIV.

A sua Altezza,

il Serenissimo Signor Principe Rupert,

Duca di Baviera.

SERENISSIMO PRINCIPE,

NON sendo restato sodisfatto l'A. V. della patente venuta di Modena, è per non haver riceuto la ratificattione dei trattati, in ordine a quelli e volendo V. A. tutto ciò di qui à un mese; senza lasciare seguitare la marcia delle sue leve in questa dilattione di tanto pregiuditio di sua A. di Modena, et inoltre per detto spatio di tempo che assegna per farli haver quant è detto volendo l'A. V. tremilia reisdollar per il mentenimento delle dette leve, son contento di accordarneli, ma a condizione che dentro il tempo dichiarato nelli detti trattati, tutte le medesime leve di V. A. per servizio di sua A. di Modena, saranno puntualmente compite; il tutto senza pregiuditio delli accennati

accennati trattati, con li quali la prefente farà
ratificata N. S. la confervi e guardi.

Di V. A.

Devotiſſimo
et Obligatiſſimo fervitore,
Bn Pardi.

Heidelberg,
li 25 Maggio 1655.

L E T T E R LXXXV.

Al Principe Palatino, Duca di Baviera.

Serenissimo Signore,

Ho ringraziata con altra mia V. A. della
ſua affettuoſa difpoſizione, nel parti-
culare delle mie leve, in conformità de gli
avviſi, che n'hebbi dal Colonello Pardi.

Sentendo però le diligenze, che ella tuttavia
ſí compiace di fare per favorirmi in tal pro-
poſito ho voluto teſtimoniarle nuovamente
l'obligazione che gliene profeſſo, e pregar
V. A. di andarmi in ciò continuando gli ef-
fetti della ſua corteſia, accioche ſi poſſa eſſere

O

in

in termine di poter operare **quanto** prima, et
io havere occasione di servire di persona all'
A. V. alla quale ne ratifico più che mai
vivo il desiderio, mentre le bacio per fine cor-
dialmente le mani.

Modena,
li 10 Giugno 1655.

Di V. A.

Noi usciremo quanto prima in campagna
onde resto pien' di desiderio di potere
assicurare **V. A.** che io le sono servitore
di cuore.

FRANCESCO D'ESTE.

LETTER LXXXVI.

*A Son Altesse Monseigneur Prince Rupert,
Palatin, à Heidelberg.*

MONSEIGNEUR,

J'AI bien reçu celle qu'a plu à son Altesse
me faire la grace de m'écrire, du 8 Juin,
& trouvé dans icelle les parties payées sur les
ordres de son Altesse toutes d'accord avec mon
livre,

livres, hormis la partie de M. le Comte de Holach, auquel n'ai fourni que R. T. 149½, & fon Alteffe a mis R. T. 159. Tellement que j'ai payé le refte des rix thaller fept mille neuf cent feptante, favoir R. T. trois mille cent huitante & demi au fecrétaire de votre Alteffe, fuivant fon ordre, & lui remis entre les mains toutes les cédules & ordres que j'avois; ainfi donc que cette partie d'argent eft entiere-ment foldée & payée. Si fon Alteffe me jugera capable de la pouvoir fervir en autre, plaira de gratifier de fes commandemens celui qui eft, & demeure,

Monfeigneur,
Votre très-humble,
& très-obéiffant ferviteur,
Abraham Fildelliz.

A Sfort, le $\dfrac{\text{30 May}}{\text{9 Juni}}$ 1655.

LETTER

Ne doutant pas que votre Alteffe n'ait reçu les lettres que j'ai eu l'honneur de lui écrire de Strafbourg & de Nancy, les 9 & 12 du préfent, je lui dirai que le quinze, vers une heure après midi, étant proche de Lafere, je fis rencontre de M. le Cardinal, qui s'en alloit à Laon, auquel lieu je crus être à-propos de l'aller attendre, & lui parler à la fortie de fon carroffe. Mais Meffieurs les Maréchaux d'Etrées & de la Ferté s'y étant rencontrés, furent caufe que M. le Cardinal remit à me parler en fa chambre, où ces Meffieurs l'ayant fuivi avec Meffieurs de Turenne, Fabert, & Caftelnau, ils s'enfermerent, & furent jufqu'à onze heures de nuit en conference, puis me fit entrer. Alors je fis mon poffible de lui expliquer & faire entendre les raifons pour lefquelles votre Alteffe m'avoit envoyé en cour. Sur quoi d'abord je l'obfervai furpris, me difant que M. le Duc de Modene n'avoit

promis,

promis, ni dû faire efpérer à votre Alteffe le commandement des troupes, ou, pour mieux dire, de l'armée du Roi, que fa Majefté lui entretient pour fa protection & défence, de laquelle même fa Majefté l'avoit fait Général, & le Comte de Broglio Lieutenant. Mais que, pour toutes les autres forces qui étoient audit Duc de Modene, levées par fes ordres & à fa folde, il étoit jufte, & votre Alteffe devoit être affurée de les commander : qui feroient deux mille François d'élite des meilleures troupes de France, mille Suiffes, & les trois régiments que votre Alteffe emmeneroit d'Allemagne : m'affurant de plus que M. le Duc de Modene ne manqueroit de donner à votre Alteffe une entiere fatisfaction fur tout ce qu'elle peut efpérer de lui, & que j'euffe à le fuivre à Lafere, d'où il me dépêcheroit. Enfuite je lui parlai de la penfion de votre Alteffe, & des 6000 livres reftantes à lui payer de partie des armées de 48 & 49, fans qu'il me répondît autre chofe, finon qu'étant à Lafere ils feront le tout.

Le lendemain 14, j'arrivai de bonne heure à Lafere, afin d'informer Madame la Princeffe Palatine du tout, & que même elle en

eût

eût parlé à la Reine, comme elle fit ; d'autant
que vers le foir M. le Cardinal donna ordre à
l'un de fes fecrétaires, de me tenir averti qu'il
m'expédiroit le lendemain. Ledit jour fuivant
15, vers le **foir, le dit** fecrétaire m'introduifit
au cabinet de fon Eminence, laquelle me dit
avoir fait réflexion fur ce que je **lui** avois re-
préfenté à Laon, & qu'il fatisferoit votre Alteffe par la lettre qu'il lui écriroit, l'affurant
de fes fervices, & du commandement de deux
mille François, deux mille Suiffes, auffi bien
que de toutes les autres troupes qui pourront
paffer au fervice dudit Duc, lequel avoit befoin que votre Alteffe voulût fans difcontinuer
faire filer fon monde, & paffer **au** plutôt en
perfonne. Ce qui me donna lieu **de** lui ré-
péter, que votre Alteffe n'avoit d'autre penfée,
& feroit en état de ce faire, fi M. le Duc de
Modene avoit envoyé la commiffion en forme,
& la ratification du traité. M'interrompant, il
me dit que l'argent qui avoit été fourni à votre
Alteffe étoit plus important que ces chofes-
là, qui s'exécuteront felon que le Colonel
Pardi l'avoit promis & accordé à votre Alteffe.
Ainfi reprenant mon difcours, je lui dis qu'il
étoit vrai que partie de l'argent avoit été payée

aux

aux officiers qui ont préfentement leurs troupes en état ; & que, pour l'équipage & entretien de votre Alteffe, l'on n'avoit arrêté ni fourni aucune chofe, & qu'elle étoit réfolue de ne faire paffer toutes fes troupes fans y être en perfonne ; qui étoit le fujet pour lequel elle m'avoit commandé, d'aller trouver **M. le Duc de Modene**, en cas que fon Eminence lui voulut écrire en faveur de fes intérêts. Ce qu'il commanda fur l'heure à un de fes fecrétaires préfent d'aller voir M. Ondedey, qui écrit les lettres Italiennes, d'en faire une à M. le Duc de Modene ; & que, pour le paiement des 6000 livres, il en fit écrire une pour **le Sur-intendant**, que je lui dis être en doute qu'elle eut plus d'effet que celle que fon Eminence me donna à **Châlons**. Auquel cas il m'affura de **lui en** parler la premiere fois **qu'il viendra** en cour, mon féjour n'y étant **pas néceffaire** ; que cependant fi je voulois laiffer ordre à quelqu'un de folliciter les expéditions de la penfion de votre Alteffe, il les commanderoit. Ce qui m'obligea de lui nommer M. du Boffé ; & enfuite, prenant congé de fon Eminece, il me chargea fort d'affurer votre Alteffe de fes fervices, & qu'il la fupplioit de confidérer

O 4

que

que la campagne s'avançoit, & qu'elle l'obligeroit de faire avancer ſes gens. De tout le ſoir, ni le lendemain matin, n'ayant pu avoir la lettre de M. le Duc de Modene, qui n'étoit ſignée, je **me** réſolus de partir, & priai M. Ondedey de me l'envoyer en **cette** ville ; & en cas qu'elle vienne, je partirai **Lundi** pour Lyon, ou autrement j'attendrai l'honneur des ordres de votre Alteſſe.

M. le Premier n'étoit arrivé en cour que le ſoir avant **mon** partement ; il fut fort aiſe de ſavoir la réponſe de M. le Cardinal, & juge qu'effectivement l'armée du Roi ne peut être compriſe ſous **le** nom d'oltramontani. Il témoigne être **fort** aiſe que votre Alteſſe ait cet emploi **pour** commencer à ſe former un corps.

A mon arrivée j'ai trouvé la Reine d'Angleterre indiſpoſée, & encore qu'elle eût été nouvellement ſaignée, ſa Majeſté me voulut **parler**, & s'enquérit trés-particulierement de votre Alteſſe, **de** ſon Alteſſe Electorale, & de Meſdames les Princeſſes ; & ſi votre Alteſſe avoit ſouvent des nouvelles **du** Roi. Je lui dis celle des d'auprès de ſa Majeſté, & de ce qu'elle avoit fait l'honneur au Duc de Neubourg,

Neubourg, de quoi elle avoit été avertie. Son Alteſſe le Duc d'York m'a fait paroître être ſatisfait apprenant la bonne ſanté de votre Al- teſſe, & que les levées qu'elle a entrepris s'a- vancent. Il attend d'heure à autre M. de Montagu, que j'ai laiſſé en cour, ſollicitant pour obtenir que ſon Alteſſe aille ſervir avec M. de Turenne en l'armée de Flandres ; fondé ſur ce que l'on tient le traité abſolument rompu entre la France & Cromwell. Je parlai à ſon Alteſſe de l'étonnement qu'avoit la vôtre de ce qu'elle avoit reconnu en ſa derniere lettre ; qu'il me dit ne ſe point reſſouvenir ni avoir fait à deſſein ; au contraire, qu'il fera toujours ſon poſſible pour le ſervice & contentement de votre Alteſſe, à laquelle il me dit vouloir en écrire, pour s'en excuſer.

M. de Souvré n'eſt pas en cette ville ; il eſt depuis huit jours en Bourgogne. L'affaire ſurvenue dans les vallées de Genevé donne fort à penſer ici. Cromwell a envoyé au Roi & à M. le Cardinal, qui demande ſatisfaction de ce malheur : le dit envoyé eſt nommé Mor- land, qui a été fort bien reçu en cour, d'où il eſt parti Mardi dernier, pour aller vers M. le Duc de Savoie lui en demander autant.

I]

Il est conduit par quatre gardes, & un courier du Roi.

Ci-incluse est la lettre de M. le Cardinal
à votre Altesse, & la copie de celle qu'il a
écrite à M. de Servien. Je suis si mal qu'il
m'est impossible d'en faire davantage. J'essaie-
rai de faire connoître à votre Altesse avant
mon partement les nouvelles qu'il surviendra,
& de M. de St. Ravy : ces belles choses le
réjouiront. C'est de

Votre Altesse,

    Monseigneur,

      Le très-obéissant, très-fidele,

        & très-obligé serviteur,

          DE CHOQUEUX,

Paris,
le 23 de Juin 1655.

LETTER

LETTER LXXXVIII.

No Addreſs.

Son,

I THOUGHT to have written to you by Floer. I thought was but gone to Amſterdam; becauſe he did not tell me of his going, I ſtaid till now, believing he would have come to me before he went : but now I ſee he is at Heidelberg, I ſend this by the poſt, to let you know that the States have given me for my kitchen one thouſand guilders a month, till I ſhall be able to go from hence, which God knows how and when that will be, for my debts : wherefore I earneſtly entreat you to do ſo much for me as to augment that money which you give me, and then I ſhall make a ſhift to live a little something reaſonable ; and you did always promiſe me, that as your country bettered, you would increaſe my means, till you were able to give me my jointure. I do not aſk you much. If you would add but what you did hint you would do me a great kindneſs by it, and

make

make me see you have still an affection for me,
and put me in a confidence of it; since you
cannot yet pay me all that is my due, that will
shew to the world you desire it if you could.
I pray do this for me, you will much comfort me by it, who am in so ill a condition as
it takes all my contentment from me.   I am
making my house as little as I can, that I
may subsist by the little I have, till I shall be
able to come to you; which since I cannot
do because of my debts, which I am not able
to pay, neither the new nor the old, if you
do not as I desire you, I am sure I shall not
increase.   As you love me, I do conjure you
to give an answer, and by the time commonly; and you will tie me to continue, as I am
most truly,

Yours, &c.

Hague,
¹¹⁄₂₁ August 1655.

The above letter was written by the
Queen of Bohemia.

LETTER

LETTER LXXXIX.

A Monsieur mon Frere, Monsieur le Prince
Palatin Rupert, à Mayence.

Franckendal, 31 Décembre 1657.

Mon Frere,

SIEUR Helmond m'a dit de votre part ce que vous prétendez de moi, outre l'accord que nous avons signé & scellé ensemble. Je l'ai prié de vous témoigner ce que je puis faire là-dessus ; & j'espere que vous en serez satisfait, & qu'en observant aussi ponctuellement ce dont nous sommes tombés d'accord, comme je fais de mon côté, vous me donnerez tant plus de sujet d'être,

Mon frere,

Votre très affectionné frere
& serviteur,
CHARLES LOUIS, P.

LETTER

LETTER XC.

For the Queen of Bohemia.

Heidelberg,
this 21ſt of July 1660.

THAT your Majeſty may be pleaſed to ſee how much Mr. Henry Killegrew ſpeaks like himſelf in the relation of his combat, and of his uſage here, I ſend your Majeſty the relation of the firſt, from thoſe who were witneſſes; and his own hand, which I ſend by Gillas vander Heet, for the other. The firſt night he lay in a lodging in the town-houſe, where they uſed to put ſtudents that have committed ſome inſolence; they call it the Doctor's Stove. But becauſe he complained it was not good enough, they put him in a better, in the ſame houſe; and for his diet, which I paid for, the bill ſhews it. He will never leave his lying as long as his tongue can wag. I am about to find out ſomebody of quality, to ſend as Ambaſſador into England, when I may know that he will not be worſe uſed than the Republics of Venice and Holland. There are enough of good **birth, but** few that have

language

language or breeding for such an employment in these parts. I believe Curtius hath acquainted your Majesty, that the Marquis of Baden Baden will needs thrust me out of the fifth part of the farther county of Sponheim, which the Duke of Simmeren hath, upon an agreement, put me in possession of, and which above two hundred years hath been entailed upon the Electorate by a lady of that family, and was always in the hands of the Electors, until my grandfather left it to the late Duke of Simmeren. The lord Marquis's ill-conscience knowing the faultiness of his own possession in the two parts thereof mortgaged to my grandfather, before he hath paid one penny of the money for which it was engaged, makes him fear, the Duke of Simmeren and I being joined, he may have an ill bargain of it in the end. To-morrow is the day they have threatened to put me out of possession of the castle, wherein I have but the third part of the garrison, one part thereof belonging to my cousin, and the other to the Marquis; and the governor is sworn to all three. If he and the Duke of Simmeren hold firm, I shall do my utmost to help them, for I am sure

all

all the world will acknowledge the injuftice of the faid commiffion. I could not fo fuddenly get the relation of the feconds; but if Mr. Killegrew denies this inclofed, I will fend **your** Majefty **one from** hence. Polier **hath** no more hurt than **what the** relation mentioned, which is fcarce vifible.

———————

LETTER XCI.

To the Queen of Bohemia, at the Hague.

Heidelberg,
this ⅟ of Auguft 1660.

BEING newly returned from Creuthnach, I have only leifure to acquaint your Majefty, in anfwer to your gracious letter of **the** 9th, that my difpute is with the old Marquis of Baden Baden, becaufe he will not fuffer my coufin of Simmeren to difpofe of the 5th part of the jurifdiction of the countyof Sponheim, anciently entailed upon the Electors Palatine, but given by my grandfather, amongft the reft, to my uncle; but I hope he will be

better

better advifed, and hearken to an accommodation, which M. de Gravelle, the French
King's minifter, hath propofed to him. I am
well acquainted with the young Marquis
Guftave Adolfe, whom your Majefty mentioneth ; he is a great admirer of that char-
latan Borrhi, if by this time he be not dif-
abufed.   As for the Sereniffime Prince of
Baffan, and I know not what, I believe he is
a-kin to the Queen of Cracovia, in the Knight
of the Burning Peftle. Your Majefty was not
miftaken in him : his Highnefs was gracioufly
pleafed to accept from me three ducats for his
journey, befides his defraying. I doubt not but
he, and the counterfeit Ormond and Offory,
will come to one and the fame end one day.
I am much puzzled whom to fend into England, for the Count of Laine defires to be
excufed, becaufe he is not mafter enough of
the French tongue ; and to fend a German
ftatue thither will not be worth the charges.
I could wifh your Majefty knew how ill
thefe parts are provided with fit perfons for any
employment.   This form which goeth here,
which hath been fent me from the Elector of
Brandenbourg's chancery, I fhall be glad to

P

know

know whether your Majesty would have me imitate it or no. The next week the treaty is to begin at Franckfort, about X.'s retreat, God grant it may have a good issue, for she longs to travel!

LETTER XCII.

No Addrefs.

Heidelberg,
this 29th of September 1660.

THE fad news I received the laft week from Paris, hindered me of my duty to your Majefty by the former ordinary; for indeed, Madam, it was an unexpected affliction to me, both in regard of the thing itfelf, as in regard of my refentment, which was greater than myfelf could have imagined upon that fubject. For the too early ripenefs of his underftanding, befides the misfortune of his birth, made me as much as was poffible hufband the affection I bore him, for fear my

expreffing

expreffing it too much might injure his fortune towards thofe on whom he ought to have
depended, if God gave him life; and my fet-
ting my heart too much upon him might
make his lofs the more inconfolable to me.
But I fee God and Nature have not vouch-
fafed me to enjoy the fruits of my circum-
fpection. I thought him in good hands, when
I trufted him to my brother Edward's care
and kindnefs, which was infinitely great to
him. Pawell had alfo order to look after
him; all this, with his own moderation and
difcretion, which impartial eyes judged to be
beyond his years, I thought fufficient to guard
him from any ordinary accident, until the next
fpring (for fo long my brother and fifter, out
of their good-nature to him, would needs keep
him at Paris) when I intended to fend a dif-
creet gentleman to travel with him into Spain
and Italy; which I thought would have been
of no ufe to him, as long as he eat and lay
in my brother's houfe. I hope your Majefty
will pardon this tedious difcourfe, and permit
me the only pleafure, in fo extraordinary an
affliction, as to feed a while upon it. Your
Majefty will be pleafed to fee, by the relation

I fend

I send herewith at full of his sickness, death, and embalming, that I cannot complain of the care used, but only of the method, which by all appearance brought him to his grave: the disease and his constitution being quite mistaken, they used the shortest way to make him have no more need of their physic; and, instead of strengthening his stomach, spoiled by eating too much fruit, and expelling the malignity by the sweat, they drew out his spirits by letting of him blood, and weakened him by it, and so many cooling things. The huge affliction this hath cast me into, is very much augmented by the reflection I make upon that which I am **sure your** Majesty at present partakes by the death of your nephew, the Duke of Gloucester, in which I should also find a greater share, if that which is nearer to me did not overwhelm it, and render it less sensible. I can only speak of his childhood, wherein I saw and found towards myself several testimonies of his good nature; and since I have heard he was grown a Prince of great hopes, for his understanding, and all other virtues, beyond his age, which I doubt, according to the usual fate and condition of

mankind,

mankind, did alfo haften his. Your Majefty having overcome fo many hard ones, lacketh, I am fure, no comfort nor conftancy to over-come this : I fhall only afk leave to wifh, that I may partake no lefs of the one than I do of the other. By the poft to-morrow I expect your orders how to mourn for the Duke of Gloucefter. As for the other, I believe I fhall wear out my beft clothes. God's will be done ! I have given order to fend down your Majefty's wines, efpecially the Wermood, as faft as poffibly I can make thofe dull Dutch engines move.

I hear your Majefty hath diffuaded X. to quit this place.

LETTER

LETTER XCIII.

No Address.

Heidelberg,
this 10th of November 1660.

I AM very glad your Majesty likes so well of Sandoville for the charge M. Steincalenfels proposed him for. There is only one difficulty to be avoided, which is, whether he hath any great relation or dependance upon the Rhingrave, in which case I should be loth to employ him. I see also, by what your Majesty is pleased to write concerning Doctor Morley, that he is wronged in the report that was made to me of him. The good temper your Majesty describes him to be of (for I do not know him very particularly) will gain more upon the English nation, than former violent humours have done. I have written this ordinary to congratulate with the Queen for her happy arrival in England, as I have also done to the King of Denmark, who gave me notice of his being declared hereditary of that kingdom. I do not know whether the King your nephew will invite his foreign kindred to

the

the late King's burial, which I hear is to be before the coronation; and whether I shall expect it. The mischief is, I cannot find any of quality fit to send: most of our Noblemen [*Counts*] hereabouts are either stupid or fools, and of no breeding, and care for nothing but good drink. There is a young Baron of Limbourg, whose mother is one of Hanau Swargenfels, I believe not unknown to your Majesty, who hath been in France and Italy, not unfit for such an employment of compliment; though, notwithstanding his travels, yet somewhat bashful. I believe your Majesty hath heard that the stuttering Count of Wiedt doth his best endeavours to ruin his country, which being a fief of the Palatinate, I cannot in honour nor conscience suffer, and have done my utmost, by fair means, to divert him from it. But now a while ago, instead of giving me account of his misbehaviour, as to his liege lord of his fief, he hath got a commission from the Emperor upon the Elector of Colen, to execute upon his poor subjects, under colour of disobedience, though they were never heard, nor indeed ought to be heard, but before my court,

to

to which they appealed, and upon fummons appeared. But the Count remains refractory, and caufed two of my guards, who lay at Wiedt to fecure the fubjects from violence, to be turned out from hence by force, and hath taken up fome foldiers from Gueldres, for to force his fubjects to his will, againft what they owe me, and to more than they owe him; whereupon I am to fend commif- fioners thither, with fome troops to pro- tect them, and to endeavour to compound the matter, without fuffering them to be forced to any other judicature than mine, the whole country holding from me in fief. Thus your Majefty fees what a life I lead: whilft I am agreed with Baden, there arifeth this new trouble. The Emperor hath demanded af- fiftance from the empire, by the Elector of Mayence, againft the Turk, who is reported to have three bodies of an army, one upon the river Saw, another at Buda, and the third at Alba Græca. I believe his Imperial Majefty will do well to call a diet; for that is the cuftom to demand money, and not by the Elector of Meintz.

LETTER XCIV.

For the Queen of Bohemia.

Heidelberg,
29th of December 1660.

I AM forry I muft entertain your Majefty with fo fcurvy a fubject as the furrender of Braunfberg by a company of cowardly rogues, that forced the officer to give it up without one fhot of ordinance, as he writes. They fhall be tried by a council of war, which himfelf defires, where I doubt not but they will receive what is fit for fuch bafe knaves. I pray God they do not cut the officer's throat by the way! The old Baron of Kainach, who poffeffeth the faid houfe as a mortgage for the dowry of his late wife, one of the houfe of Wiedt, fhewed himfelf very affectionate, and gives Lieutenant Little very good teftimony that he did his duty; he ferved formerly the King my father in Bohemia, but he is a Baron of Auftria. It was impoffible to fuccour it in fo fhort a time in this feafon, whilft the rivers which are between the county of

Wiedt

Wiedt and us are impassable, and the Elector of Treves has beset the passages, notwithstanding he had at first assured me he would not at all meddle in the business. But the castle was enough provided to have held for two months, and in the mean time we might have treated for the boors, who scarce deserve to be protected, for those rogues made me believe they would join at least four hundred well-armed men with firelocks to my troops, and assist upon all occasions; but they did nothing for me, and would never be gotten together, and my horse could no longer subsist there for want of forage, and the foot was not strong enough to lie quartered in the villages, which are open and very pitiful ones. But for all this I do not hear that the boors have as yet submitted to the Imperial commission, but that they have left all at random, so that the Count has gotten little by his obstinacy. I wish I might entertain your Majesty with some better matter. I expect daily to hear what the Elector of Brandenbourg will do for me in this business. I fear a good letter is the most that is to be expected from one Protestant Prince to another; but the

Catholics

Catholics affift one another more really. I
pray God preferve your Majefty!

LETTER XCV.

No Addrefs.

Heidelberg,
this 4th of May 1661.

I DOUBT not but ere this letter comes to
your Majefty's hands, my fifter the Duchefs will have the honour and happinefs to
wait on your Majefty with my little Lifclotte,
who hath reafon to have a good opinion of herfelf, fince you are pleafed to grace her with the
title of your favourite, which I hope fhe will
ever endeavour to preferve, for fhe is of good
nature, and wants no wit—cunning enough,
as St. Ravy ufeth to fay of himfelf. Your
Majefty will find my fifter in the fame condition as fhe was in when fhe waited laft on
your Majefty, for her body and mind is ftill
the fame; for nothing afflicts her, at leaft
fhe can hide it better than I can do. I have
fent my fon's tutor, Spanheim, into Italy, to

make

make himself the fitter for other employ-
ments; and until Ladoville's return (who,
since his arrival at Maſtricht, hath accepted
of the governor's place to my son) Betten-
dorff will **look to** him, whom I have made
my steward of the houſhold. He hath been
bred with M. le Comte de Rouſſi, and is a
good, civil, and diligent man, but a Lutheran,
married, and hath children, or elſe he would
not have been unfit for the charge. I ſhall
with the firſt hear whether Madame de la
Maiſonneuve will accept of the charge I offered
her, for M. de Rouſſi, where ſhe formerly
ſerved, hath undertaken to diſpoſe her to it.
I have letters from my ſervants out of England, that they had very gracious reception
the Thurſday before the coronation, from
the King, Duke and Duchefs of York; but
they have not had time as yet to ſpeak about
your Majeſty's and my buſineſs; ſo that I do
not know how his Majeſty will like their
propoſitions for your Majeſty's ſatisfaction:
if the King remits them to your Majeſty, it
will ſave them the labour of being remitted
from your Majeſty to the King, which I
believe you would have done before you had
concluded

concluded any thing with me, since, if the King doth not help in it, I do not see how I am able to satisfy your Majesty's pretensions out of my purse. This is all the policy for which your Majesty, I find, is displeased with me, upon my sending first to the King; and I hope your Majesty will rather second my intentions herein, than blame them.

There is a gentleman arrived here, of good fashion, as they say, for as yet I have not seen him: his name is Slingsby Bethell. He saith he is not banished, though he was of the latter Parliament, but only goeth to travel.

LETTER XCVI.

Elector Palatine to the Queen, in vindication of himself, concerning sending for the stuffs.

Altzey, this 3d August 1661.

WHAT I commanded Michel was upon this ground, that I believed (as the King my father's servant, who committed to him the care of the stuff that belong'd to me after his Majesty's death) he ought to have obeyed my orders, strengthened by the extract of your Majesty's letter to me, before that of Gilles vander Heck, this being of a different tenure than your Majesty's to me, especially since mine was only to stay the goods until you had expressed yourself more clearly; whether these words used in my letter (some of mine from the Hague) were to be understood as Gilles vander Heck did write for all that was good for any thing, and what belonged both to your Majesty and my-self, as well from Rehan as from the Hague.

And

And I am confident Michel would have agreed to what was demanded for fo fhort a time, having no command under your hand, and fo have avoided all this ftir: but that he, and thofe that let him go, knew they would run more hazard of your difpleafure in difobeying your fervants than me, who could not imagine that a fortnight's ftay of the ftuff, till your farther pleafure had been fignified by your own hand (as in fuch a cafe fhould have been expected) and not at the fecond hand, could be thought prejudicial to your Majefty (as thofe learned commentators upon my actions are pleafed to intimate) fince I hear they have lain longer on fhore fince their landing at London. Neither can I in charity believe them fo impious as that they can harbour any thought of reprizal in a cafe which II hope neither they nor I fhall ever live to fee. As for that of ftirring up the creditors to ftop the faid goods, de Groot will make them appear lyars that informed your Majefty fo: but upon the whole matter, I can eafily perceive how willing your Majefty is the world fhould perceive, upon any occa-

fion,

fion, that you find fault with me ; becaufe
I hear that in your prefence, before all the
company, you have complained to the
Brandenbourg's Ambaffador of me ; which,
though I had committed a much greater
fault, you would not have done, if you were
not willing to have myfelf and all the world
take notice of your conftant fettled difpleafure
againft me, as you have alfo fhewed in many
other occafions ; all which I muft bear with
the reft of my misfortunes, yet not neglect,
as far as lieth in my power, the humble duty
I owe you.

LETTER

LETTER XCVII.

For her Majesty the Queen of Bohemia.

MOST ROYAL MADAM,

HAVING heard that your Majesty was pleased to honour me with your lines, the which as yet I have not received : therefore I hold it my duty to acquaint your Majesty therewith, left you may think I neglect your Majesty's commands ; the which I humbly beg to be honoured with, either by waiting upon your Majesty there, or doing the fame here, holding it my duty as,

Moft Royal Madam,

Your Majefty's

moft humble

and moft obedient fervant,

CALANDER.

Callander,
this 20th September 1661:

LETTER XCVIII.

A sa Majesté la Reine de Bohême.

A Hanovre, ce 31 Octobre 1661.

IL y a si long-tems que je n'ai reçu de lettres d'Angleterre, que je craindrois d'y être tout-à-fait oubliée, si la bonté de votre Majesté ne m'étoit entierement connue. Sivan n'étant encore arrivé ici, & nous n'y avons vu depuis long-tems aucun étranger que le Comte de Waldec, qui venoit de Zell, où il avoit tâché de faire sa paix avec l'Electeur de Brandebourg, qui est repassé par-là pour s'en retourner à Berlin avec toute sa cour. Nous n'avons pas eu le bonheur ici de le voir, ni aucun de sa cour ; & il n'a vu de la nôtre que ceux qui l'ont traité de la part du D. G. G. à son passage. Son train étoit fort grand ; je ne sais s'il étoit fort beau. La Princesse d'Anhalt est de rechef enceinte, mais on dit que cela ne déguise pas sa belle taille. J'espere que mon frere Rupert a à présent l'honneur d'être avec votre Majesté ; il y a si long-tems que je n'ai eu de ses nouvelles, que je

ne

ne fais plus s'il eft au monde. Il eft encore plus
pareffeux d'écrire **que moi,** mais **on** ne fait de
quoi remplir fes lettres **d'un lieu comme** celui-
ci ; & je me promets que votre Majefté me
continuera toujours la grace de me tenir pour
fa très-humble & très-zélée fervante, encore
que je ne le débute **pas par de longs** compliments.

Sans Signature.

N. B. This letter is from the Palatine
Princefs, grand-daughter of King James
the Firft, who was then married to
the Duke of Hanover.

LETTER XCIX.

No Address.

Heidelberg,
this ⁴⁄₁₄ of January 1661.

I AM very sorry for the new affliction God
hath sent upon your royal family, whereof I am the more sensible, because I know
how near it toucheth your Majesty's affection,
which was ever great towards the deceased
Princess, whereof you will daily find the
want whilst you stay at the Hague. I am
loth to touch any thing in answer to your
last gracious letter, that may trouble your
thought at this present with domestic affairs ;
but I can shew by your own hand, that your
Majesty was at first not unwilling to live at
Heidelberg, whilst another house was preparing for you. When your Majesty is here,
it will be but one family ; for nobody will
dare to contest against any thing that shall
be for your service and convenience : and if
any trouble should have been that way, those
that would controul might in better manners
quit the house to your Majesty than you to

them ;

them; which myself would not have refused. As for the creditors, if your Majesty had shewed any real desire to come away, they might have been dealt withal. But I shall not trouble your Majesty at this time with any thing farther, because I hope you will give me leave to do it by an exprefs, who will very suddenly wait upon your Majesty. In the mean time, I pray God to comfort your Majesty in all these great afflictions, and to do me the grace that I may be able to contribute something, if not so much as my duty requires, towards it.—The story I wrote to your Majesty last week, of the mutiny which caused Lieutenant Little to deliver up the castle, proves quite otherwise; which I shall give you a farther account of by next, when the council of war have made their full report. In the mean time it appears, that those that witnefs for him, the one upon oath, the other upon his death-bed, deny all, and say that Little made him write the testimony, which the Baron signed, for to fave his houfe from being spoiled with the cannon. Besides, Little himself, upon strict examination, varies in the story; so that I fear he will prove a

Q 3

coward

coward or knave, or both, upon the whole matter, as one Captain Menges, his own countryman, **and** one that fits in the council of war, doth himself believe. If he had but **kept it** eight weeks, **as he was** enough able to do, we had made good conditions for him and the country. Yet I hope the Elector of Brandenbourg's offices will do much good, as I believe the Emperor's court, now they are informed **of the** matter, will be of another mind.

LETTER C.

No Address.

Hague, January 1⅓, 1661.

I AM glad I was deceived, and that you intend shortly to send me to the King, and that he will pass this way. I assure you I neither am, nor ever was, unreasonable, so as reason will satisfy me. I desire not to ruin you, nor make you live under what you do. In my letter I told you why I did not send one to be informed of your revenue; for either

they

they were such as durst not offend you, or such as might easily have been deceived, being strangers; and besides, in the condition that my family was then in, I easily imagined that they would not be much regarded. What I have received from you since your restitution is not so much: till Franckendal was restored you, you gave me two thousand rixdollars a month; but since that you gave me but half; and I was some six months, as I take it, from receiving any thing, to rebate little of the five thousand pounds the Emperor gave me. You know yourself, as both your letters,

can testify, that the corn and wine was promised me; and I was desired to ask the parties. It was reason you should pay for them more than I. You could not lose by sending the corn and wine but very little; but you know I did offer that from Baghrad the transport would cost you nothing. You sent me once seven thousand guilders, and never since any more, besides the fifteen thousand guilders, only two thousand guilders for living. I do not mention the mournings, for that is a thing of course. I had not tasted fine bread and candles, if you had helped me,

as

as you promifed : but fifteen thoufand guilders
could not do it, living as I do, much lefs as I
fhould ; which made me in a manner beg the
States' affiftance : and as it is, I cannot give
my fervants their wages. If remembering of
you to have more would have done it, you
fhould not have lacked ; but when I wrote
to you of fome things of that nature, I never
received anfwer, which has hindered me for
to write concerning of my niece's mourning ;
but fince you defire to be remembered of it,
and may fend it me with what it coft. I again
affure you there is nothing I more defire than
to have a good end of this bufinefs, which will
be as much for your honour as my good and
contentment.

LETTER

LETTER CI.

For the Queen of Bohemia.

Heidelberg, January 26, 1661.

THE Count Charles Ferdinand of Wal-
lenſtein having been here this ſennight
from the Emperor, to demand preſent aſſiſtance from me, as he hath done from other
Electors and Princes, I have been hindered
from diſpatching to your Majeſty about the
money buſineſs. I have little reaſon to trouble
your Majeſty often with letters upon that ſubject, ſince moſt commonly they are either
miſconſtrued, or the reaſons I alledge not at-
tended ; as now lately, when I write, it was for
want of remembering that I did not ſend
ſomething, inſtead of the corn and wine your
Majeſty challenged, but, as I have ſhewed
formerly (by the contents of the very words of
the letters which were alledged) I never promiſed. I meant my treaſurer Shloer, becauſe
I very well remember that your Majeſty ſel-
dom wrote to me but upon money ſubjects
ſince I was in Germany ; which I do not
blame

blame your Majesty for ; but only I am sorry
that oftentimes I could not answer you but
with my leg. As for the transport of wine
and corn from Bocharach into Holland, that
it should cost me nothing, I hope your Majesty doth not think me so stupid, that if any
such ways had been shewed, I should not
have accepted it, for my own profit, as well
as for your Majesty's accommodation. But
those that make such projects are better acquainted how to eat and drink it, than how
to sell it, and love to tattle of it ; but when
it comes to the point, they know not how to
make it good. I do well believe, that if I
would give them corn and wine at Bocharach
almost for nothing, as (if I do well remember) they pretended they might well carry it
for Holland without my cost ; but I should
be no gainer, but a loser by that bargain ; for
they think corn and wine groweth here with
no more cost and hazard than mushrooms.
If there be any so good husbands amongst
them, I wish they may come up, and rent
all my revenue in that kind ; and I am content
to receive one third less in money of what it
is worth in the best years. I am glad your

Majesty will put in a paper together what you have received from me in twelve years ; I hope your Majesty will also examine what my expences and receipts were in that time, and what the condition I was, and am now in. I wish with all my heart, and nothing so much, as that your Majesty were satisfied with me in that point, which I have endeavoured, and shall still do, so that you will let me keep so much for myself, that I may live in the condition I was restored to by the treaty of peace at Munster and Osnabrug, that those that belong to me may not want : for I assure your Majesty I lay up no money at interest out of the revenue of the Palatinate, but have spent a great deal of what I got by other means, for the bettering it ; which, now the French alliance is at an end, I do want in a great measure. I shall shortly represent all these things more particularly to your Majesty. If your Majesty thinks Sandoville so fit for my son as they say he is, it will be in your power to hinder that he be not taken from his intention to serve here, by the offer I hear is made to him for to be with my cousin the Prince of Orange.

LETTER

LETTER CII.

No Addrefs.

Heidelberg,
this 2d February 1661.

SURE your Majefty hath forgot in what condition the Houfe of Franckendal, which
they call the Shaffnorey, is in, when you were
pleafed to write of preparing it for you. For no
preparation would have made that fit for your
living in it, but a whole new building, which
to do on a fudden, or in a few years, my
purfe **was never yet in a condition for it**; but
I intended to do it by little and little, and had
then begun it, if your Majefty had come hither. I have done a little laft year. As for
the accidents fallen out in my domeftic affairs,
it is likely they had not happened if your
Majefty had been prefent; and if any other
inconvenience had happened **in** regard of two
families (which was not likely, fince one
would not have meddled with the other's
charge) it might always have been remedied
by a feparation. As for the taking your Ma-

jefty's

jefty's debts upon me, which were made upon
another fcore, I believe it cannot juftly be
claimed ; and it is believed that if your Majefty had fhewed the States any earneft intention
to come hither, they would have taken fome
order to have appeafed your creditors.   But I
fhall remit this bufinefs, and what belongs to
it, to him that I fend to your Majefty, and
to the Attorney-General Newen ; in which
I forefee already I fhall incur your blame,
though I cannot help it, it being the fate of
our family not to be in a condition to maintain any of quality that are able and trufty
to do bufinefs ; for, as I have told your Majefty formerly, it is a pity to fee what crea-
tures our nobles and gentry of thefe parts
are, who have retained nothing but the pride
and refractorinefs of their anceftors againft
our Houfe.   I fhall obferve your Majefty's
counfel, to give him I fend only the character
of an envoy, for the former reafon, and thofe
which your Majefty alledges.—The moft votes
of the council, notwithftanding the articles,
which are clear in that point, would not find
Little worthy of death, but only to be cafhiered with fhame.   He hath been a foldier
about

about thefe twenty years, and, on this occafion, might have gained honour, if he had but
held it up fo long that I might have made
a good agreement, with the help of Meintz
and Brandenbourg, **or** have fecured it ; but
he fhewed by all circumftances **a** great deal of
ignorance and cowardice, as can **be** proved by
his own relation.—The Emperor hath commanded the Elector of Collen to retire his forces
alfo out of the country of Wiedt, but hath not
decided the main queftion, who fhall be judge
between the Count and his fubjects.—I did
hope to have had my fifter the Duchefs here,
if the weather had not hindered her journey ;
which I fear will **now** be farther retarded, becaufe **of her** quafms, I hear, again come
upon her.

LETTER

LETTER CIII.

Sans Adreſſe.

De la Haye, le 20   1662.

MADAME,

DE toutes les nouvelles que j'avois penſé amaſſer pour écrire à votre Majeſté, je n'ai appris que le mariage de l'aînée Somerdeyed avec le Marquis de Montpouillan ; on l'aſſure tellement, que, quoi qu'on allegue, il le faut croire malgré qu'on en ait : autrement il ne ſe parle d'aucun mariage ici. Je ne ſais ce que fera l'Ambaſſadeur de Portugal quand il ſera viſible, mais il ne l'eſt pas préſentement. Il devient notre voiſin en lieu de la pauvre Princeſſe de Portugal ; & je puis eſpérer n'être pas oubliée pour les oranges de la Chine, comme je l'ai été cette fois. J'adreſſe à votre Majeſté des lettres que le Duc de Lorraine écrit à ſa femme : elle me les a envoyées pour me montrer comment on la dorlote toujours, & ſouhaitoit que votre Majeſté les vit. Je lui conſeille tant que je puis de ne s'abattre pas, de peur qu'elle perde ſon agrément, & puis je n'eſpererois plus pour elle.

elle. L'Apothicairesse est grosse ou accouchée, & ainsi je crois la plus forte ardeur
de sa passion passée. Elle est toujours à
Paris, & notre bonne Duchesse à Neufchâteau
en Lorraine ; sa fille, à Bar-le-Duc, est grosse.
Il ne fait point d'hiver ici ; ce qui nous me-
nace de mortalité : même on dit que de dix il
n'en restera pas un seul en vie ; tellement que
si votre Majesté tarde à venir, elle trouvera
peu de visages connus. L'Ambassadeur de
France revisite la douairiere par ordre de sa
cour, où on a peu envie de remettre Orange
dans l'état précédent. On vend les charges
vacantes des biens du Prince d'Orange au plus
offrant. Nous présentons tous nos respects à
votre Majesté, & je demeure,

  Madame,

   de votre Majesté,

  La très-humble, très-obéissante,

    & fidele servante,

     G. R. J. V.

     LETTER

LETTER CIV.

Sans Adreſſe.

A Paris, ce 6 de Novembre 1662.

Madame,

L'ordinaire de Londres ayant manqué Vendredi dernier, je n'en ai eu cette ſemaine de votre Majeſté. M. d'Eſtrade a été bien reçu à la cour ; le Roi ayant trouvé, par ſa relation, qu'il avoit fait tout ce qui ſe pouvoit faire, ne lui a plus donné de blâme, puiſque perſonne ne ſauroit répondre des événements. On dit que Batteville a employé quatre cent mille livres pour cette incartade, & qu'il a montré au Roi de la Grande-Bretagne l'ordre de ſon Roi par écrit, de faire ce qu'il a fait. A ce compte le Roi d'Eſpagne ne le pourra pas déſavouer ; & par ce moyen la guerre eſt inévitable. On dit que le Roi de la Grande-Bretagne enverra ici le Comte de Briſtol pour faire un traité ſecret avec la France : la conjonƈture eſt belle pour faire une étroite liaiſon entre les deux cou-

R

ronnes.

ronnes. C'eſt en quoi les Eſpagnols trouve-
roient bien de la beſogne. Le Roi de France
eſt heureux dans tous ſes deſſeins, tant ce
qu'il ſouhaite & entreprend lui réuſſit. Je
ne veux pas parler ici des grandes joies où
nous ſommes, puiſque la naiſſance du Dau-
phin a été dès auſſi-tôt mandée par exprès
en Angleterre. Je me contenterai ſeulement
de dire à votre Majeſté qu'il eſt blanc, beau,
& gras, ayand comme la Reine le nez & les
yeux grands. Il naquit le 1 de ce mois, jour
de Tous-Saints, à onze heures trois quarts &
ſept minutes du matin. Le Roi a fait préſent au Médecin de la Reine de douze cents
louis d'or. Les prieres des deux Reines n'ont
ſu obtenir du Roi d'envoyer en Eſpagne pour
donner avis de cette félicité, dont il a plu à
Dieu de combler la France, tant ſa Majeſté
paroît toujours irritée de cette action de Batteville. Le Comte de Fuenſeldaigne eſt arrivé à Cambray. Le Duc de Créqui eſt deſ-
tiné pour l'ambaſſade d'obédience à Rome. La
Ducheſſe de Laval eſt accouchée d'un Prince.
J'ai mandé à votre Majeſté que le patron des
crépines d'or & d'argent étoit trop lourd pour
être envoyé par la poſte, & qu'il péſera bien

cinq

cinq onces. Un fâcheux rhume m'ayant con-
finé dans la chambre, depuis dix jours en ça,
je n'ai fu encore fortir pour acheter les étuis
des cifeaux, & la continuation de Pharamond.
On porte les manchons de zaveline, mais pas
fi grands que du paffé. C'eft

De votre Majefté

Le très-humble

& trés-obéiffant ferviteur.

N. B. This letter appears to be written
to the Queen of Bohemia by a French-
man of quality, who had a frequent
correfpondence with her.

LETTER CV.

A sa Majesté, la Reine de Bohême, Electrice Palatine, née Princesse de la Grande-Bretagne, à Londres.

MADAME,

Jé viens avec le dû respect souhaiter à votre Majesté l'heureuse entrée de l'année présente, & je la supplie très-humblement de croire que, comme il n'y a d'homme au monde qui ait plus d'intérêt à sa conservation, aussi n'y a-t'il personne qui fasse ses vœux pour elle avec plus de zele & de sincérite. Et je prends la hardiesse, Madame, d'accompagner mes souhaits de deux petites figures d'ivoire, la misere desquelles ressouviendra votre Majesté de la mienne, laquelle effectivement est arrivée au dernier point ; de sorte que, ne sachant comme résister à la grande nécessité où je me trouve, & moins comme satisfaire à mes créditeurs,

Madame,

Madame, je fuis obligé de fupplier votre Majefté très-humblement de fe fouvenir de mes
longs, continuels, & fideles fervices, & que
de beaucoup d'années je n'ai rien reçu de
mes arrérages, que ce peu qu'il a plu à votre
Majefté de me faire donner fur la fin de l'année 1660. J'efpere, Madame, que la fuite
de quarante-deux ans de fervices, & la perte
de mes biens & de mes amis, qui en fuivit,
mais fur-tout la bonté ordinaire de votre Majefté, & fa royale promeffe, feront affez puif-
fants avocats pour moi, fans que j'aie befoin
de la plus incommoder. J'attendrai donc les
effets de ces deux vertus, la juftice & la reconnoiffance, & que par le prompt paiement de
mes arrérages me témoignera d'agréer mes
très-humbles fervices; l'honneur defquels fera
toujours le dernier objet de mon ambition,
comme la grace & la protection de votre Majefté, eft le fouverain bien auquel j'afpire. Je
m'affure, Madame, que la confidération de
mon âge, & de mes infirmités continuelles,
vous obligeront à me faire la grace que je
vous demande, pendant que je fuis encore en
état de la recevoir. Dieu, qui aime tant la

R 3

juftice,

juſtice, en ſera le rétribuateur, & je ſerai tout le reſte de ma vie,

Madame,

De votre Majeſté

Le très-humble

très-obéiſſant ſerviteur & ſujet.

GF. KAPLIR DE SULEWIH,

A la Haye,
le 1 Janvier, l'an 1662.

LETTER CVI.

For my moſt dear, and moſt entirely beloved Couſin, Prince Rupert.

MOST DEAR AND MOST ENTIRELY
BELOVED COUSIN,

UPON conſiderations which have lately occurred concerning your ſailing, the King hath commanded me to write to you, that if this find you on this ſide the Downs, you ſhould take the firſt opportunity of ſailing thither, with the fleet under your command; and after your arrival there, ſo ſoon as the

wind

wind fhall be fair for it, that you fail to the Spithead, near Portfmouth, there to expeſt farther directions, in cafe the wind prefent before you fhall have received fuch directions as are intended to be fent you to-morrow, by the return of your meffenger (who brought me your letter this day) who is delayed till then, purpofely to bring you the full account of his Majefty's refolutions relating to your voyage, the farther confideration whereof is deferred until to-morrow. I am

Your moft affectionate coufin,

JAMES.

St. James's,
October 8th 1664.

Endorfed, " Received in the Downs."

LETTER CVII.

*For my most dear, and most entirely beloved
Coufin, Prince Rupert.*

MOST **DEAR AND MOST ENTIRELY**
BELOVED COUSIN,

I HAVE received your letter: and although
I am informed that the putting the feamen
five to four men's allowance of victuals, which
was **ordered** by the principal officers and com-
miffioners **of his** Majefty's navy, in lieu of the
fifhing trade, hath been practifed **in** divers of
his Majefty's fhips with content to the men,
yet, **for the** encouragement of the feamen of
his Majefty's fhips under your command, **I**
think fit to remit it, and the men fhall be paid
for fuch time as they fhall be at fhort allowance, according as hath been accuftomed.
I am

Your moft affectionate Coufin,

JAMES.

St. James's,
11th October **1664.**

Endorfed, " Received under fail in the
Downs, by Mr. Parker, 13th of October,
9 o'clock in **the** morning."

LETTER

LETTER CVIII.

To my most dear, and most entirely beloved Cousin, Prince Rupert.

MOST DEAR AND MOST ENTIRELY
BELOVED COUSIN,

SIR John Lawson, who is arrived at the Spithead from the Streights, brings news that de Ruyter, having gathered together what victuals he could at Alicant and Malaga, and having watered at Furmatura, came to Cadiz with his whole squadron, where he bought a considerable proportion of wine and oil, and pretended to go thence to Sallee with his whole fleet. But as well by some discourses from the commanders, as from the little business that can be at Sallee for so great a fleet, and most of all, from the provision of wine that he hath made (whereas it is not the practice of the Dutch to give their seamen other drink than water in the Streights) the King doth judge that there is little reason to doubt but that he is gone for Guinea; and therefore his Majesty's pleasure

is,

is, that with the firſt opportunity of wind
and weather you ſail, with the fleet under
your command, to the Spithead, there to expect farther directions, which ſhall be ſent to
you with all ſpeed.   I am

Your moſt affectionate Couſin,

JAMES.

St. James's,
12th of October 1664.

Received under ſail, this 13th of October, by Captain Sampſon, to whoſe
ſhip it was ſent.

A duplicate copy of the above orders
received, being at anchor near the
Calves cliff, Iſle of Wight, the 14th
of October 1664,

LETTER

LETTER CIX.

For my most dear, and most entirely beloved Cousin, Prince Rupert.

MOST DEAR AND MOST ENTIRELY
BELOVED COUSIN,

I HAVE acquainted the King with your proposal of turning over the men out of the Company's ships, into the King's ships now lying in harbour, and securing the Company's ships in the harbour until a fitter occasion for setting them forth; of which the King approves so well, that I desire you immediately to put it in execution, leaving on board the Company's ships the officers and some few men, such as you shall judge fit, to look to them, and their lading in harbour. Directions shall be sent to Sir Philip Honywood, to furnish men, as you desire. The ships in the river will very soon be so forward as that the most, and most considerable of them, will, I hope, be ready to sail by Monday next, some sooner; and some are already sailed. I am

Your most affectionate Cousin,

JAMES.

St. James's,
2d November 1664.

LETTER

LETTER CX.

A Monseigneur le Prince Rupert, à Londres.

Ce 22 Mars 1664.

ON m'a écrit une lettre depuis trois jours si différente de celle dont je vous ai parlé par ma derniere, que j'ai cru être obligé de vous en donner avis, afin que vous preniez des mesures plus justes. On m'ordonne de vous faire mille compliments, & de vous assurer qu'on conserve pour vous toute l'estime imaginable, quoiqu'on ait appris que vous êtes **fort** engagé auprès d'une Duchesse **il** y a long-tems. J'ai répondu à tout hazard que cela n'étoit point, mais mandez-moi ce que vous voulez que je dise : car vous devez être persuadé que j'ai pour vous un respect & une attache tout-à-fait grande, & que vos intérêts **me** sont **autant** chers comme les miens propres. Prenez & consultez bien vos intentions. On dit qu'il y a de grandes richesses ; mais écoutez les sentiments de votre cœur, & vous confiez en celle qui ne vous commettra pas sans grande raison. On sait comme on

en

en doit ufer pour des perfonnes de votre qualité, & les mefures qu'il faut prendre.

Adieu.

Jamais vous ne ferez fervi fi fidelement
de perfonne, comme vous le ferez de votre
très-obéiffante fervante.

Faites-moi l'honneur de me faire réponfe à
la même adreffe, à Nantes. Si je ne vois les
gens bien intentionnés, je ne ferai pas femblant d'avoir reçu de vos nouvelles depuis
long-tems.

> N. B. This letter is wrote by a woman,
> who conducted a marriage treaty for
> Prince Rupert. She defires the an-
> fwer to be directed, as ufual, to Nantz,
> in France.

LETTER

LETTER CXI.

*A Monsieur Monsieur le Prince Palatin Rupert,
à son Rœuau.*

Berlin, May 1665.

DEAR BROTHER,

IF you knew how much joy your letters af-
ford me, I am sure you would have the
good-nature to let me receive them oftener than
I do. Your last makes no mention of the
copy of my aunt Princess Catherine's will,
which I sent you. There is a ring for you.
Let me know how you will **have** me dispose
of it. I will send you the best she left, which
is not very good. The Elector hath put all
into my hands; but Timon is so vexed at
the six thousand rixdollars he is to pay me
out of a clear debt, that he will not send me
my annuity, and hath commanded Geeles de
Fek not to pay the pension which my aunt
had in Poland: but our Elector will force
him to it. I believe Timon would willingly
force me to put my pretensions into the Elector of Mentz's hands (as his wife is like to

do)

do) and then he may have a juſt reaſon to
complain. I ſhall not do it, until I ſee that
all is loſt, but then I will have my ſhare.
I am now very rich in pretenſions, for my
aunt has now ninety thouſand rixdollars due,
for thirty years exile, in which ſhe received
not a penny out of her country. I ſhall engage the King, if I can, to write for me to
the Emperor, who is to pay me, and never
diſavowed the debt. I would willingly let fall
half the ſum, to get the reſt : and wiſh much
more to know you ſtill proſperous both in
this and all other undertakings. Every body
here wonders that ſo many ſhips ſtay before
havens, and that ſome of them do not rather go into the Indies, where there is more
to be got ; but every body underſtands his
own buſineſs. I go to attend mine at Caſſel,
and leave this place within a fortnight, where
the Elector obliges me more than I can expreſs. I hope you will find ſome occaſion to
thank him for it. So farewell, dear Brother.
I am, more than all the world beſides,

Your's.

LETTER

LETTER CXII.

(COPY.)

*Directed, " For the Principal Officers and Com-
missioners of his Majesty's Navy."*

GENTLEMEN,

IN pursuance of a command received from
his Majesty, I desire you to make out
bills, directed to the treasurer of his Majesty's
navy, for the payment of the sum of two thousand pounds unto such as shall be appointed to
receive the same by my most dear and most entirely beloved cousin **Prince** Rupert, **as** a free
gift from his Majesty, without charge of
imprest or account for the same. I am

Your affectionate Friend,

JAMES.

Hampton-Court,
18th July 1665.

LETTER

LETTER CXIII.

COPIE de deux Lettres écrites par le Roi
de Bohême, l'une au Roi de France, &
l'autre au Comte de Mansfeld.

Adreſſée à la Reine de Bohême.

———————

Au Roi de France.

TRES-HAUT, TRES-PUISSANT, ET TRES-
EXCELLENT PRINCE, MONSIEUR, ET
TRES-HONORE' FRERE,

LE Duc de Bouillon m'a fait voir une
lettre que vous lui écrivez, enſemble
une du Comte de Mansfeld, par laquelle il
lui mande, que ſi vous envoyez quérir ſix
pieces de canon qu'il dit lui avoir laiſſées,
il vous les faſſe bailler : choſe que j'ai trou-
vée bien extraordinaire, vu que des ſix, il y en
a cinq qui ont mes armes, & ont été fondues
dans mes arſenaux ; & ne les ai jamais pré-

tendues à lui, mais les ai laissées en ce lieu, estimant jouir bientôt de la treve dans le Palatinat, & de la pacification de ces affaires, afin de les renvoyer dans mes places. Estimant qu'entendant cela, vous n'imputerez rien au Duc de Bouillon de défaillir au commandement que vous lui feriez ; ne desirant rien tant qu'en ceci, & autres choses, conduire mes actions dans les respects de votre amitié, & bonnes graces, comme étant,

Monsieur, & très-honoré Frere.

De Sedan,
le ⅒/⅒ Septembre 1622.

A Monsieur le Comte de Mansfeld.

MONSIEUR LE COMTE,

MONSIEUR le Duc de Bouillon m'a fait voir votre lettre, par laquelle desirez qu'il fasse délivrer au Roi de France les six pieces de canon qu'avez laissé ici. J'ai trouvé cela fort étrange, puisqu'elles sont à moi, & que n'avez jamais prétendu le contraire, mais

3

fait

fait dire par mon écuyer que me les envoyez,
& me conseillez d'en prendre reconnoiſſance
dudit Duc (ce que j'ai fait) qu'elles étoient
les miennes, & qu'il me les livreroit quand je
les deſirerois. Je me promets donc que ne
voudrez diſpoſer de ce qui eſt à moi ſans mon
ſu & aveu. Au reſte vous vous pouvez aſſurer de ma bonne volonté, & que je ſuis, &c.

De Sedan,
le $\frac{26}{16}$ Septembre 1622.

LETTER CXIV.

LES deux Lettres ſuivantes ſont ſans Adreſſe
& ſans Signature ; mais il n'eſt pas dou-
teux qu'elles ſont écrites de la main du Roi
Charles Premier au Prince Rupert.

Premiere Lettre.

York, ce 7 Avril.

J'AI reçu votre lettre par où vous me donnez avis de votre venue. Je ferai toute la
diligence poſſible pour partir ; mais notre armée eſt allée pourſuivre l'ennemi, qui les fuit

tellement

tellement que, jusqu'à ce que j'aie reçu de leurs nouvelles, je ne puis absolument vous mander le jour que nous partirons : mais dans trois ou quatre jours je le ferai. En attendant, je serois bien aise de savoir quelles forces vous amenez avec vous, quel canon, afin de me régler sur cela : aussi de savoir combien vous pouvez marcher par jour, & les lieux où vous passerez entre où vous êtes & Newark. Je laisse à vous à choisir où vous voulez demeurer entre ci, & que je vous mande que je pars, depuis où vous êtes & Newark ; & si vous voulez avancer jusques à Newark, que vos troupes ne passent pas ce lieu. Et, pour votre personne, si vous voulez venir jusqu'ici, mandez-le moi, je vous enverrai un convoi. Je ne fais pas état de mener avec moi que mon régiment d'infanterie & cavalerie (ne voulant rien ôter à cette armée) qui me conduira jusqu'à Newark. Mais j'espere qu'elle sera en état bientôt de suivre, s'il est besoin ; car je crois que leur besogne sera bientôt achevée en ce pays. Je ne dirai pas davantage, sinon que m'obligez trop d'être venu me quérir, & que je vous suis tout acquis.

Seconde

Seconde Lettre.

JE vous ai déjà envoyé une pour vous avertir de ce que je trouve à propos que vous fassiez. Ce porteur m'a promis de vous rendre ce mot, qui est pour vous dire encore la même chose que dans l'autre. S'il vous plaît avancer jusqu'à Newark, ou auprès, lequel vous aimerez le mieux, & que vos forces ne passent pas Newark : & pour votre personne, si vous voulez venir, de me le mander, je vous enverrai un convoi. Ce pays est si ruiné des armées, que je craindrois que vos forces ne pussent pas subsister. J'espere dans un jour ou deux de vous mander quand je partirai, car notre armée n'ayant rien trouvé à Pontefret, les ennemis en étant partis sur leur venue, les ont suivis à Leeds, qu'ils ont commencé à battre aujourd'hui ; & j'espere demain d'en entendre des nouvelles, que je vous ferai savoir aussi-tôt. En attendant, mandez-moi quelles forces viennent avec vous, afin que j'aie à me régler selon cela, touchant du canon ou non. Car pour des forces, je ne menerai avec moi que mes deux régimens de pieds & de chevaux. L'armée, ou une bonne partie, viendra avec moi jusqu'à New-ark. Mais fi nous battons les rebelles, comme j'efpere, nos affaires vont bien ici, & il n'y aura plus que Hull à réduire, qui, je crois, fera bien aifé; & puis Yorkfhire eft libre. J'ef-pere que vous connoîtrez ma petite main.

York, ce 9 Avril.

LETTER CXVI.

A fa Majefté la Reine de Bohême.

Stollena, à 5 lieues de Hanovre,
ce 14 d'Aout.

IL y a bien long-tems que je n'ai été ho-norée des lettres de votre Majefté, ni d'au-cune de fa cour ; ce qui me mettroit en peine fi je n'apprenois d'ailleurs qu'ell fe porte par-faitement bien, & que votre Majefté jouit d'une parfaite fatisfaction en Angleterre. Quand je fuis affurée de cela, je n'ai plus rien à fou-haiter, que de me conferver dans l'honneur

de

de ſes bonnes graces ; quoique je crains, quand elle ſe ſouvient de moi, qu'elle me trouve *very homely*, à préſent qu'elle voit tant de dames admirables, dont ſa cour eſt tous les jours remplie. Ici on ne fait que chaſ-ſer, & moi je ſuis au déſeſpoir de ne pou-voir faire de même. Les pauvres Meſdemoi-ſelles Quadt ont fini leur cours, dont leurs enfans ne pleureront pas. L'Abbeſſe d'Her-ford eſt fort malade, mais je crains qu'elle en fait ſeulement ſemblant pour voir la mine que ma ſœur fera, qui eſt à préſent avec elle. Tout préſentement je reçois, Dieu merci ! un paquet de lettres de Londres, par lequel votre Majeſté me fait la grace de m'honorer de ſon ſouvenir ; ce qui me donne la plus grande joie du monde. Quant à mon frere l'Elec-teur, il me mande que ce qu'il a fait étoit ſur la lettre que votre Majeſté lui avoit écrite, & que depuis il n'en avoit reçu autre ordre, & que ſon Réſident déſavoue d'avoir jamais parlé aux créditeurs de cette affaire-là. Ces menteries viennent de Friſort, qui eſt le plus grand fourbe du monde, & qui eſt fâché contre de Groot, que l'Electeur ne l'a mis dans ſa place. Pour le reſte, je crois que

Mad.

Mad. Withynoll entend fort mal les affaires d'état, fi elle dit que l'Empereur a rendu en don le Palatinat à mon frere. Il n'a jamais avoué d'avoir feulement obligation de fon rétabliffement **qu'au Roi de** Suede. Cependant je fuis ravie que **votre** Majefté a tant de fujet d'être fatisfaite du Roi fon neveu, ce qui lui eft fans doute bien plus confiderable ; comme auffi que la bonne Madame Herbert eft fi bien à la cour, par ci-devant le Chancelier n'étoit pas trop de fes amis. Il y aura fans doute bien des magnificences **à** Londres quand la belle Infante y arrivera. J'efpere que la Ducheffe de Richmond fera remife vers ce tems-là de la méchante maladie qui l'incommode : je fuis tout-à-fait marrie **qu'en** l'âge où elle eft il faut qu'elle en foit incommodée. A Heidelberg, Mayence, & Stutgard, la diffenterie tue beaucoup de monde de tout âge : ces pays-ci en font encore exempts. Nous retournerons tretous à la fin de cette femaine à Hanovre. En quel lieu que je puiffe être, votre Majefté me fera grace de croire qu'elle **y** aura une trés-fidele, trèshumble, & très-obéiffante fervante. M. le Duc, mon mari, me commande de rendre graces

très-

très-humbles à votre Majesté de son souvenir, & de l'assurer qu'il n'y a personne au monde plus son très-humble & très-obéissant serviteur que lui.

N. B.   Cette lettre est sans signature, mais il n'y a pas de doute qu'elle ne soit de la Duchesse de Hanovre, fille de la Reine de Bohême.

LETTER CXVII.

L A suivante est sans Signature, sans Date, ni Adresse.

MONSIEUR,

LE grand sujet que j'ai est cause de l'incommodité que vous donnera la présente, demandant votre justice contre le Capitaine Habesky, qui, au lieu de me faire une compagnie de chevaux - legers, m'a emporté une bonne somme d'argent. Les particularités, Monsieur, vous recevrez de ce porteur, le Sieur Wolf ; ainsi vous assurerai seulement de mes très-humbles services, &

que

que tout ce qu'il vous plaira de résoudre en
la susdite affaire, sera trouvé bon de, &c.

Sans Date & sans Adresse.

MONSIEUR,

L E Sieur Colonel Pardi, qui a vos ordres
pour la levée de quelques troupes en ce
pays, n'a pas pu agir selon les bonnes intentions qu'il a pour votre service, à cause des
difficultés & raisons considérables en l'état que
sont présentement les affaires d'Allemagne.
Ainsi m'ayant fait part de ce que lui avez ordonné, je tâcherai le mieux que je pourrai de
vous servir, selon que verrez par le traité accordé entre nous ; & j'espere de réussir au des-
sein que j'ai de paroître en effet,

    Monsieur,

Votre très-humble
& très-obéissant serviteur,

RUPERT.

LETTER

A Monseigneur le Prince Rupert.

MONSEIGNEUR,

JE crois que vous aurez affez de bonté pour agréer que je vous témoigne par ces lignes mes très-humblés refpeacts, & que je vous dife que je fuis fort en peine de favoir l'état de votre fanté. Je plains beaucoup l'incommodité & les peines que vous avez reçues : néanmoins, pour avoir l'honneur de recevoir de vos nouvelles, nous en avons grand defir, au moyen que ce foit felon votre volonté, & que perfonne ne fache que vous prendrez la peine d'écrire à cet effet. J'ai parlé à ce Monfieur, qui m'a dit qu'il vous dira les adreffes, & que celui à qui les lettres s'adrefferont ne faura point de quelle part elles viennent. Vous prendrez, s'il vous plaît, auffi la peine de nous faire favoir comme il faudra, en vous écrivant,

vous

vous les adreſſer. Ce me ſera un grand avantage, ſi vous voulez que je demeure,

Monſeigneur,

Votre plus obéiſſante,

& ſoumiſe à vos volontés,

Sr. F. Richourt.

Sans Date.

LETTER CXIX.

Adreſſée à Monſeigneur le Prince Rupert,
au Chapeau Rouge.

Vous voyez que je ne néglige aucune choſe pour vous témoigner combien je ſuis à vous. Si je ne réuſlis pas, vous ne devez au moins qu'en accuſer mon malheur, puiſque je n'ai point d'autre volonté que de faire tout ce qui me ſera poſſible pour votre ſatisfaction : & comme elle m'eſt infiniment chere, je vous ſupplie de n'expoſer point votre Alteſſe, & de prendre ſi bien votre tems que vous ne puiſſiez recevoir aucune incommodité, conmodité. Mettez-y fi bon ordre, que l'on ne fache point où vous venez : vous favez que tout le monde ne dort pas. Enfin il vaudroit mieux remettre la partie à une autre fois ; je ferois au défefpoir fi, pour un moment, il falloit vous perdre pour toujours. Car je fais bien que fi vous demeurez en France, & que vous ne changiez point de fentiment, il ne fe peut que je ne fois en un autre état, où je vous pourrai plus facilement faire connoître que je n'aime au monde que vous. Enfin, faites tout comme vous le jugerez à propos, je m'en rapporte à vous. Je vous prie de me mander fi vous n'avez rien perdu ; nous ne trouvâmes rien de notre côté, mais je ne fais pas fi vous ne laifsâtes point tomber quelque chofe de l'autre. Mandez-moi tout ce que vous voudrez, cette voie eft bien fure. Pardonnez fi je vous en mande tant, & me faites la grace de me tenir pour,

Monfeigneur,
Votre plus-obéiffante,
& humble fervante.

Sans Signature & fans Date.

LETTER CXX.

LE Billet qui suit est de la même main.

JE pensois vous envoyer cette lettre par ma voie ordinaire, mais j'ai changé de sentiment, ne la croyant pas assez sûre, pour vous assurer encore une fois de mes respects. Ayez aussi, s'il vous plaît, la bonté de ne me refuser pas de venir ; vous me l'avez promis : je vous en prie, par tout ce qui vous est le plus cher !

LETTER CXXI.

A Nantes,
ce 4 Fevrier 1664.

JE ne sais plus que faire pour apprendre de vos cheres nouvelles ; j'écris par toutes sortes de voies, & ne reçois pas les moindres marques de votre souvenir. En vérité, cela est plus fâcheux que vous ne sauriez imaginer. J'ai mille pensées différentes sur cela ;

mais

mais de crainte que vous ne receviez pas ma lettre, je ne m'expliquerai point davantage. Voici la deuxieme par cette voie, & environ de cent par toutes les autres que j'ai pu m'imaginer. Voyez un peu si ce n'est pas tenir bon sur la bonne opinion que vous m'avez donnée.

Point de Signature ni d'Adresse.

CXXII.

RÉCIT fidele & véritable des Faits, Gestes, & Prouesses de la Comtesse de Levenstein, prétendue Ambassadrice de sa Majesté, durant son séjour à Breda.

FAITS.

APRES avoir flotté deux jours sur l'eau, elle est arrivée dans cette ville, a pris logis chez M. le Capitaine Courtenez, où elle s'est reposée un jour entier pour se desharrasser. Le second jour, Madame la Princesse l'a faite quérir en carrosse par un gentilhomme,

& 'a

& l'a reçue très-cordialement, comme Comteffe de Levenftein, & non en Ambaffadrice ;
ayant appris que la Reine lui avoit feulement
permis de venir, & que fa Majefté ne l'en-
voyoit pas. **Voyant** donc qu'on étoit en doute
des mouvements qui l'avoient faite venir, elle
voulut témoigner que ce n'étoit pas pour faire
bonne chere, & ne mangea ce premier repas
qu'un plein plat de ftock-fiche. On ne fait fi
cela conftipe ; tant y a qu'elle fut travaillée
de cette incommodité, dont elle mangea cer-
taines poires que fon hôteffe lui bailla, qui
opérerent très-mal à-propos, interrompant fa
dévotion, qui fut fi grande, que ce Dimanche-
là elle alla **le** matin au prêche Anglois, &
après dîner au Flamand, où elle fouffrit des
peines extrêmes, & fut contrainte de fortir
en la pofture qui, dans l'article de fes
Geftes, fera décrite. Nonobftant ce mal, elle
ne laiffa d'aller à cheval avec fon Alteffe
Royale les jours après, & fit fa cour comme
une dame qui les a toujours fréquentées. Elle
a en toute chofe témoigné fon obéiffance &
fidélité à la Reine fa maîtreffe, auffi en cela,
qu'uayant eu congé de demeurer trois jours à
Breda, elle n'y a voulu arrêter que huit. Il
eft

eſt vrai que leurs Alteſſes ont retardé ſon dé-
part, en la feſant, avec beaucoup de peine,
condeſcendre à faire un voyage avec elles à
un certain village, où elle a fait largeſſe au
peuple de leurs confitures. Durant tout ce
voyage elle s'eſt acquittée de ſon devoir, en
ne permettant pas que leurs Alteſſes ſe ſoient
ennuyées, ou, pour mieux dire, qu'elles euſ-
ſent pu dire un mot, à cauſe qu'elle parloit
toujours, encore qu'elle ne diſoit rien. Au
retour, elle ſe prépara à ſon voyage, & fit
tous les compliments & adieux ce ſoir-là,
pour partir le lendemain.

G E S T E S.

Entrant dans la chambre de Madame
la Princeſſe, elle témoigna, par ſes ſoumiſes
cérémonies, & très-baſſes révérences, qu'elle
n'étoit point Ambaſſadrice, & ne laiſſa pas de
proteſter, avec un viſage hautain & audacieux,
de l'être. A table, ſon maintien étoit dolent
& maladif ce premier repas, & ſon manger
mécanique. A la ſortie du prêche pour ſes
néceſſités, elle avoit les yeux roulants & étin-
celants; la tête volante & virante d'un côté

T

& d'au-

& d'autre; fa coïffe de travers, & bouffie comme une voile de navire de guerre, tout ainfi que fi fes frayeurs fe fuffent communiquées à ladite coïffe. Son allure étoit rapide; fon corps & fon efprit agité, & fe trémouffoit à toute outrance. De cette hauteur elle arriva dans fon axile, chez la femme du Pot, où nous tirerons le rideau pour l'honnêteté & **la** fenteur, & auffi pour n'en favoir les particularités que par elle-même; & il y a lieu de croire que, ne voulant pas fe louer elle-même, la modeftie lui fait omettre les principales gentilleffes. Lorfqu'elle fuivit fon Alteffe Royale à cheval, fes flatteurs, qui obfervent tout **ce** qui peut fervir **à fa louange,** ont remarqué **qu'en** paffant la jambe par-deffus l'arçon de fa felle, elle l'a levée fi haut qu'on eût vu tout ce qui lui étoit des jambes, fi elle en eût eu une douzaine : fe tenoit au refte affez mal, ayant rencontré une felle plus que mal conditionnée. Quand leurs Alteffes la prierent de les accompagner à leur voyage, elle fit de terribles grimaces pour témoigner qu'elle ne vouloit fi long-tems priver **fa** bonne maîtreffe de fa chere & plus qu'aimable préfence. Au voyage fufdit elle ne demeura une feule

minute

minute en même pofture, fe levant tantôt fur
fes pieds, tantôt fe panchoit, & fufpendoit
fur la portiere ; par fois fe couchoit quafi tout
de fon long dans le carroffe : de forte que le
peuple, ayant entre-ouï que les Romains me-
noient des Devinereffes en leurs grandes entre-
prifes, croyoient que leurs Alteffes alloient
conquérir l'autre monde. Mais les plus piteux
plaignoient la fatigue de ce pauvre corps, & tom-
boient à genoux pour fléchir les Dieux à pitié.
Au feftin elle avoit une mine tantôt férieufe &
tantôt joyeufe, lorfqu'elle ne penfoit pas à ce
qu'elle craignoit lui pouvoir arriver dans le
carroffe, étant encore en crainte de fon mal
du Dimanche. Au fortir de table, comme
elle partageoit les confitures au peuple, il y a
plus à remarquer que jamais, car elle, pour
tenir les gens en leur devoir & en quelque refpect, elle grimaçoit des yeux, de la bouche,
des mains, & des pieds, & fe prenoit à re-
pouffer d'une main & à tirer d'une autre, de
ceux qui recevoient les confitures, pour ne
donner deux fois à la même perfonne ; ou elle
crioit, Fey! fey! ein audre man, met ein audre
hantt; fey! fey! ich hat all gegeben. Ce changement de langage fit encore mieux croire au

T 2

peuple

peuple qu'elle se mêloit à faire venir le mauvais tems, pluie & grêle. Après cette action,
Madame la Princesse récompensa les peines
d'un galant, les perfections duquel elle peut
raconter elle-même. C'étoit alors où elle dé-
ployoit toute sa science à faire des gestes
d'amour, des gestes de civilité, des gestes de
dame de la cour ; à recommander la bonté de
Madame à ce gentilhomme, & les belles qua-
lités de ce galant à Madame la Princesse. C'é-
toit alors qu'elle passoit toutes les gentillesses
des bonnes mines que sa Majesté ait jamais vues
parmi un nombre de guenons. Elle revint avec
les mêmes à Breda qu'elle en étoit sortie,
mais beaucoup satisfaite ; cela donnoit une
grande sérénité à son visage.

PROUESSES.

La principale est l'escarmouche avec les
paysans, qu'autre courage que le sien n'eût
ôsé entreprendre. Après celle-là peut marcher
le renvoi qu'elle fit du valet de M. de Hen-
flit, qui l'accompagnoit par commandement
de son maître hors du temple, en ce qu'elle
entreprit la défaite de son ennemi, sans af-

fistance

fiftance ni fecours dudit valet, lequel elle con-
gédia devant la maifon de la femme du Pot.
Outre ceci, rien n'a été remarqué procédent
de courage, mais bien quelques traits d'effronterie dont elle fe fouviendra bien elle-
même.

LETTER CXXIII.

For Prince Rupert.

SIR,

I LIKE fo well the difpofal you intend of
the fort, as I fhall not need to fay any
more of it, but that I have the fame opinion
of the courage and honefty of Somerfet Fox
with you ; and that I am,

Sir,

Your affectionate Coufin,

CHARLES P.

Briftol, May 4th.

LETTER

LETTER CXXIV.

Nephew,

I HOPE that I shall have **no** great necessity
of those forces you have with you, for
that time you propose to be absent; therefore I am willing you go on according to
your intentions, and so God prosper your endeavours!

Your loving uncle,
and faithful friend,
CHARLES R.

Sat. 8 at Night.

No Date.

LETTER CXXV.

For my Nephew, Prince Rupert.

NEPHEW,

I HAVE but this word to tell you, that I am fatisfied that the defign you go about, is not only feafible, but probable, as I hope Afhburnham will more fully tell you ; fo, praying God to blefs you in this, as he has done heretofore, I reft

Your loving uncle,

and faithful friend,

CHARLES R.

Ox. Wednefday,
3 o'Clock Afternoon.

No Date.

LETTER CXXVI.

NEPHEW,

I CANNOT find fault, **but with** the meffenger, for your not coming **this** night ;
but I defire you to come to-morrow, for I believe you will find that it will not be fit, that
neither horfe nor foot go fo foon to their
winter quarter ; for it is certain that the re-
bels advance. Therefore I defire you to fend
back the horfe, which are farther off, to their
old quarters, and when you come, I fhall ad-
vife what is farther to be **done ;** fo I reft

Your loving uncle,

and faithful friend,

CHARLES R.

21ft, at 11 o'Clock at Night.

LETTER CXXVII.

To my dear Cousin, Prince Rupert.

Whitehall, 27 June.

I HAVE seen yours of yesterday to my Lord Arlington, and have put your general desires into the best way of dispatch : the only thing that I find difficult to be had is men, in the providing of which there shall be no diligence omitted. At present, the best expedient I can propose is, that you leave some of the fourth rates in the Swale, making use of their seamen to man the rest ; by which means you may have fifty, or thereabouts, of my ships well manned, and leave the rest to be sent after you as fast as they can be manned. Next, that you allow no first nor second rate ship to have more than one ketch to attend them, which is sufficient for the public service ; which will furnish you with some men. I shall dispatch my Lord Ossory this evening with our opinion here upon the whole design ; so I shall say no more now, but that I am yours.

Charles II. C. R.

LETTER

LETTER CXXVIII.

To my dear Cousin, Prince Rupert.

Whitehall, July 22.

I DEFERRED writing to you till now, in hope to have given you a good account of the business of Windsor; but as yet nothing more is done in it, though new propositions have been made, of which I shall give you an account, when you come to town; assuring you I have done my part in it, and shall continue, in that or any thing else, to do my part towards your satisfaction. For news, here is **little** but what you know, and I am sure you cannot be ignorant of the difference between my Lord of Buckingham and H. Killegrew; the particulars of which are too long for a letter, otherwise you should have **it from** me. Just now I am told, that on Saturday last were seen about sixty sail of ships, small and great, at **an** anchor to the westward of Portland, which I believe to be de Ruyter's squadron. A privateer come into Cornwall says he met about

thirty-

thirty-eight French men of war plying to
the eaftward of the mouth of the channel.

Endorfed, C. 2. to P. R. about the
fleet.

————

L E T T E R CXXIX.

*To my dear Coufin, Prince **Rupert.***

Whitehall, 27th October.

As foon as Will Legg fhewed me your
letter of the accident in your head,
I immediately fent Choquen to you in fo
much hafte as I had not time to write by
him; but now I conjure you, if you have
any kindnefs for me, have a care of your
health, and do not negle& yourfelf, for which
I am fo much concerned. I am very glad
to hear your fhip fails fo well. I was yefterday to fee the new fhip at Woolwich launched,
and I think when you fee her (which I hope
you will do very quickly under Sir J. Law-
fon)

fon) you will fay fhe is the fineft fhip that has yet been built. The Charles, James, Henry, and fome others, are already in the Hope, and men begin to come in reafonably faft : but to make the more fpeed, yefterday in council I ordered there fhould be an embargo of all things till the fleet were manned. There are one thoufand men ready to come out of Scotland, and the North, which I hope this N. W. wind will quickly bring. I write to you without ceremony, and pray do the like to me, for we are too good friends to ufe any. I muft again beg you to have a care of your health; and affure you that I am yours.

J. L.

LETTER

LETTER CXXX.

I DID not write to you by the laſt poſt, becaufe I looked to have ſomething more to write to you by this. The letters from Francfort, that ſhould have come the Thurſday laſt week, are not yet come. I believe the weather is caufe of it. We have received ill news of the King of Denmark. It is written from Hambourg, that the King of Sweden is gone with two thouſand horſe into Zealand, and that the King of D. was gone from Copenhagen. I hope   is not ſo ill; for I hear of Hambourg are no great to the K. of D. I have heard nothing from the Reſident of D. ſince I ſpake firſt with him concerning R. I fear things go ill, as he can get no anſwer. The K. of H. do not aſſiſt K. D. : he is much to blame, ſince he has made break with Sweden. My Lord Treves ſent you a letter from Portugal, from Robert Cortz. He ſends you two cafes of Portugal oranges, two for the King, and

two

two for me: they are at the Bril; but the ice is not yet all gone. As the things cannot come to Rotterdam, as soon as they come you shall have your part sent you. I believe L. C. will tell you how much ado he has had to save your part from me; for I made him believe I would take one of your cases for my niece and P. of Orange. I did it to vex him. The King and my niece, and my other nephew, were at Antwerp, and went to see Louyse in the monastery. I sent the copy of Sir Thomas Berkley's letter to Broughton, and if my nephew and niece did write to me before they saw her, to know if I would be content they should see her, which I told them would be too much honour for her; but since the P. of Q. had told so base lyes of her, they would do a very good action to see her, to justify her innocence. The P. of Q. did go to Antwerp twice   and spoke with L. I have not yet the particulars, neither in general. L writes to Merode that they parted upon very ill terms. I hope this we shall have what passed betwixt them. By my next you shall have it. The P. of at her return hither, made many believe that

5

the

fhe had brought me letters from the King,
my niece, and Louyfa, to juftify her
and that fhe had herfelf given them to me,
and talked two hours with me ; which is a
moft impudent lye.—Cromwell has broken his
mock Parliament, becaufe the independents
were too ftrong for him, and had prepared a
petition, figned with fix thoufand hands, againft
his being King, and indeed againft all go-
vernment but a Commonwealth. The Lower
Houfe would not acknowledge the new Upper Houfe; and one ftood up, and faid that
many of the pretended House of Lords fhould
do well to feek out their pedigree firft, to
fee if they were Gentlemen, before being Lords.
—The wind and weather has hindered the laft
week's poft from coming to us : we know not
the fuite. I muft alfo tell you, that I am
more beholden to the Spanifh Ambaffador, to
the Sweden and Denmark Refidents, than to
your brothers ; for they would not vifit the
P. of Q.   out againft her. I have
not time to fay, but ftill affure yourfelf of
my affection. I forgot to tell you, that the
King and my niece did chide Louyfa for her
change of religion, and leaving me fo unhand-
fomely ;

fomely; fhe anfwered, that fhe was very well
fatisfied with her change, but very forry that
fhe had difpleafed me. Juft now the French
letters are come: writes to me, that
the Bifhop of Antwerp has written a letter to
your brother Edward, where he clears Louyfa
of that bafe calumny; yet Ned is fo wilful
as he excufes the P. of Toleme.

The above letter was written by the
Queen of Bohemia.

LETTER CXXXI.

A mon Fils le Prince Rupert.

Hague, 29th of April.

SINCE what I wrote to Elector   concerning de Grote, I have **not** heard from
him; but defires by Sophie to know which of
the brothers of Furftenberg have written that
pretty letter. As for G. G. I cannot believe
but it is real, fince, as I wrote in my laft,
they were to fet out this week. I never fpoke

of

of it to El.   nor will not, becaufe I
have given my word to fpeak, or take notice of it to none but thofe that are to know
it ; but I believe Mrs. H. has told him all,
though he faith nothing of it to me, nor I to
him, S. having begged me not to let him
know of it of all others.   Your fifter Louyfa
is arrived at Chaillot ; her brother went and
fetched her from Rouen ; the Queen went to
fee her the next day ; the King of France
went thither the week after.   They are very
civil to her.   The Queen wrote to me, that
fhe will have a care of her as of her own
daughter, and begs her pardon ; but I have
excufed it as handfomely as I could, and entreated her not to take it ill, but only to think
what fhe would do, if fhe had had the fame
misfortune.   Ned doth not acknowledge his
error in having fo good an opinion of the P. of
Q   She is detefted by Proteftant and Pa-
pift.   The next week I hope to have Louyfa's
juftification againft all her calumnies.   I believe Lord Gerard hath too much to do that
he has not written to you yet.   I affure you he
is very conftant to you, and to all of us :
he is gone again to Bratelle.   My nephews are
U   all

all at Bratelle. All those, that are true friends to the Empire here, wish that the Electors would go to a speedy election. I have such a cold that I can say no more. Farewell, dear Rupert.

Written by the Queen of Bohemiæ.

LETTER CXXXII.

A mon Fils le Prince Rupert.

Hague, May $\frac{1}{11}$.

I HAVE had a visit here this week, where I wish you, also, my two nephews York and Gloucester. They staid but two whole days here. My nephew, the Duke of Gloucester, is much grown. Cromwell's agent, Downing, did mean to take no notice of it, but was pressed to it by some fools and knaves, so that he sent a writing to the States, to desire them to send them away ; but the States made no answer to it. Yet he, to inflict like justice, kept such a coile as made them go upon Friday

to

to Hans Otterdike, from whence they are gone back. Your brother Norwich came with them, and has let them return alone, for he means to ſtay here a little longer : he is ſtill in his old humour at fooling, and doth expreſs much kindneſs. Cor. R. Barkley wrote hither to know what error S. had committed in his letter to R., and it ſhould be mended ; I pray let me know what it is. I wiſh you may make a good agreement with El. whoſe proteſtation is much liked here. I wiſh all his other actions were ſuitable to it. I fear Robin Leſsley did a little reach when he told you that of El. P's. offer to El. the h. F his widow ſpoke to him for EL, P ; but he would not hear it, deſiring to have El. P. go from H, and ſign a writing where ſhe confeſſeth herſelf a coquette. I do not tell you this for truth, for it is written from the court of Caſſel, where I confeſs they are very good at telling of ſtories, and enlarging them. I pray, let me know if you have ſpoken with Martin, and what he ſaith of the buſineſs. O is returned ſafe to Bruſſels ; B. and On. are not yet returned. Y. told me he never liked the buſineſs. I hear that the

pretty

pretty Count Ego is now at Frankfort. S. af-
fures that El. will not be angry if fomebody
play handfomely the knave with him, to make
him afhamed of his precious letter.

Written by the Queen of Bohemia.

LETTER CXXXIII.

A mon Fils le Prince Rupert.

Hague, March 12th.

I RECEIVED this day yours of the 25th of
February, and cannot enough wonder at
the lies that are made of my dear Godfon
Tint. I will tell you, it is true the King
and my Godfon have no particular difpute;
but Briftol did before the King fpeak fo un-
handfomely to him, as he took it a little un-
kindly that the King did not reprove him for
it; and for Sir Thomas Berkeley, as yet he
knows not his crime, no more than he did of
the Duke's going away till he faw him,

and

and for the King of Spain's Minister having an ill opinion of Berkeley, on the contrary he declared openly there were none of that
nation they efteemed more than he. By this
you may fee how true thofe people are! When
my nephew went from hence, he went to
Breda, hoping there to find Thom Blagne
returned with what anfwer the King would
give to his demands. But he did not return;
only the King wrote to him, that if he did
return, he fhould have full power to keep, or
put away, what fervants he would; yet he
defired a more full anfwer: but Sir Thomas
Berkeley fo earneftly entreated him, upon his
knees, to go to Bruges, that he did it without
my Lord Ormond's knowledge, or any of the
reft that were with him. The King my nephew,
and Duke of Gloucefter, met him with a great
fhew of love; but he neither looks, or fpeaks
to Briftol. There was like to have been another
frefh, but all is well again. Berkeley would
not go with his mafter, out of his difcretion,
till he might do it with the King's leave.
All is now reafonably well. I forgot to
tell you, that my Godfon cafhiered Harry
Benet and Harry **Killegrew** from his fervice

U 3

as

as soon as he came to Bruges. Harry Killegrew is   he spake his pleasure of my nephew when he was gone from Bruges. My niece is altogether for my Godson, and hates O'Neal, and all that side; and many find my Lady Star. is not so great with her as she hath been; she useth my Lady Hesther very well, which pleased Stanhope. I will send the copy of Le. vi : letter to-morrow to my Godson, who, I am sure, will take very well what you have answered for him. I am extremely glad you did it. I pray continue to do so still. I cannot blame you for your seeking what your brother Philip should have had from the Emperor, for there is no reason but you should have it. I wish that I had means to take what is due to me; for, though I am not so unreasonable to ask all my jointure, because I know your brother cannot give it, yet I may justly ask more than he gives me. As for Denmark, the King of Sweden offers to treat; which retards the levies. I confess I wish you in his service, in case the war goes on. I pray let me know your mind in it, for I would rather have you with that King than

any

any other.　　　My nephew, I pray God blefs you, whatever you refolve to do.

Written by the Queen of Bohemia,

* * *

LETTER CXXXIV.

A la Reine de Bohéme.

MADAME,

SANS cette occafion je n'aurois point trouvé lieu d'écrire à votre Majefté. Elle peut s'imaginer comme cette mort du Roi m'a été fenfible, & fuis en des inquiétudes pour votre Majefté, fachant l'amitié qu'elle avoit pour fon frere. Votre Majefté fait auffi les défordres de ce pays-ci, où il y a des gens qui aiment mieux perdre la régence qu'une bonnette rouge : je ne fais qu'elle vertu elle a. On parle préfentement de quêter, mais l'iffue en eft douteufe. Je fouhaite que cela réuffiffe, afin que toutes les armes de la Chrétienneté tournent vers ce déteftable pays qui a ôfé fa-

crifier

crifier fon Roi à fa rage ; & je mourrai fans
regret, quand j'aurai trempé mes mains dans
le fang de ces meurtriers.   Je fupplie votre
Majefté de me faire favoir ce que l'Electeur
eft réfolu de **faire ; je crois** qu'ils ne le fouffri-
ront plus en Angleterre.   **C'eft** tout ce que
puis dire à votre Majefté, la fuppliant de
croire que je fuis conftamment,

   Madame,

  De votre Alteffe,

  Le très-humble, très-obéiffant,

    & très-fidele ferviteur,

      EDOUARD.

Sans Date.   Adreffée à la Reine de Bohême.

LETTER

LETTER CXXXV.

To the Queen.

MADAM,

I RECEIVED your Majesty's letters by my brother, and had no occasion to send my letters until this post, for he arrived here Sunday at night, and kissed the King's and Queen's hands the same night at Saint James's. Next day he was invited by my Lord of Arundel to his house, to supper and to a play. I see your Majesty gives no great credit to that I wrote of 271; but if you consider that which 116 hath so often promised me, which I wrote to you by my last from Newmarket, the 3d February St. V; and besides that, some few days ago he told me, that I should have a little patience, and that he expected 284 to be 11, 50, 15, 42, 65, 13, 33, 52, 4, 12, 22, H, 50, 14, of some with whom he would X, 47, S, 37, 51, δ, 20, 69, 31, 26, 37, 11, 21, 28, 18. I have been told that

there

there is an anfwer come out of France to the
King's propofition, but I have heard no certainty of it ; and if I ftaid any longer, I fhould
loofe this occafion ; but by the next, which I
believe will be Sir James Sandelan, I fhall acquaint your Majefty with it, and with many
other things which were too long to be written in cyphers. As for 284, 277, 116 is
quite otherwife informed than your Majefty.
I wifh I might have the letter you promifed
to fend me, to fhew it him. The King fat
yefterday at Vandyke's for the Prince of
Orange, but your Majefty hath forgot to fend
me the meafure of the picture. His houfe
is clofe by Black Friars, where the Queen
faw Lodwick Carlifle, fecond part of Arvira-
gus and Felicia acted, which is hugely liked
by every one ; he will not fail to fend it to
your Majefty. 116 is mightily offended at the
39, 45, 19, 27, 33, 69, 44, 56, 29, 15, 47,
27, for writing fo imperious a letter to them
of Dover and Canterbury, as if he were King
himfelf, or his mafter, in regard of fome S,
who would not let their children be baptifed by
the parfon, pretending to have free exercife of

their

their religion. By the next I shall write more, not daring to hazard this without cyphers: in the mean while I beseech your Majesty to esteem me as

Your Majesty's
Most humble and obedient

son and servant,

C.

My Lord and my Lady Strange are come to town; and Thursday next the Queen sups at my Lady Hatton's.

LETTER CXXXVI.

Dignertzingen, this 10th of September.

THE expences about my sister's marriage (not for the ceremonies or pomp, but for the realities fit for her) to which I am obliged, render me uncapable of what your Majesty is pleased to require of me, concerning the 4,000 rix; for, besides her due, which I must advance, I am bound to an extraordinary, more especially for the friendship she always shewed me, and because nobody else

hath

hath done any thing for her. Withal, your Majesty will be pleased to consider, that though there be no apparent danger of war for the present, yet the great expences I have been at at Frankfort, for the soldiery I must keep over and above my ordinary number, by reason of the alliance I am to enter into, and to furnish for the field, upon summons of any of them, an hundred and eighty horse and four hundred foot, with what belongs to them ; as also for the duly fortifying of Heidelberg and Franckendal, and providing of magazines in both places, will require more than as yet I can see how to compass. As for the business of Hemenstein, I do not see why there ought to be so great a stir about it, though I had surprised it, the master of it having taken part with Baviere in denying me the vicariat, and acknowledging the other. It is from Perkins Crossen, and from Cassel, that the good P. of Landsperg is made rebellious in the point of precedency. The cadets of our house, as well as other Princes, do still envy the Elector's preeminence. It is only when I am present that he pretends to agree before my son, not when I am absent ; and I

do

do only pretend the contrary in public ceremonies; but fhall fubmit to what the other
Electoral Houfes of Saxe and Brandenbourg
do practife herein. I do very much pity the
King of Denmark's lamentable fortune, but
cannot judge who is in the wrong, until I
have heard what both can fay for themfelves.
I wifh others would always have the fame
juftice for me in that point. But methinks,
according to the prefent maxim of the world,
he that gains a kingdom, right or wrong,
never wants honour. I wifh the wedding at
Turnhait may have better fuccefs than mine
at Caffel : they fay the lady is haughty enough,
and he is my wife's coufin-german. If Mad-
fel. Marie gets my coufin of Simmeren, fhe
will get a precious piece. God blefs it ! they
fay he loves no company but pages and foot-
men. I hear he means to take the govern-
ment of his eftate into his hands, now he is
eighteen, according to his father's will : but
I have not feen by what authority his father could alter the common law among the
princes of the Empire, who are not majors
before twenty-five, or at leaft twenty-one,
without the Emperor's licence, Electors ex-
cepted.

cepted. Towards the end of this month I hope your Majesty will hear an end of my sister's S. Romanza.

[*Prince Elector.*]

LETTER CXXXVII.

To the Queen of Bohemia.

MADAM,

I AM entreated by Simon Altoff, whose faithful service to the King my father, of happy memory, is not unknown to your Majesty, humbly to beg your Majesty's gracious recommendation to the Governors of Sutton's hospital in the behalf of his godson and kinsman of the same name, that he may be admitted into a scholar's place in the school of the said hospital, where (as he is informed) your Majesty hath the nomination of one in your turn. The good service he hath done me these many years past, makes me the

more

more earneftly befeech your Majefty in all humility, to grant him this favour, who will ever be ready to deferve it with his blood, when your commands will require it ; and I fhall take it for no lefs fign of your conftant goodnefs to

Your Majefty's

Moft humble

and obedient fon and fervant,

CHARLES.

LETTER CXXXVIII.

To the Queen.

MADAM,

I DOUBT not but your Majefty hath underftood by Ruftorff the ftate of my bufinefs here ; and becaufe I would not give him any inftructions before I knew your advice, I bid him fet down fome confiderations of his own, of which (befides what you will elfe

think

think fit) your Majesty may make his instructions, and send them over to me ; and having put them into cyphers, and signed them,
will send them **after** him to Vienna. This
is not necessary now, because you have already signed his instructions. I would not
answer your Majesty's letter of **the** ¼¼ of
March by 290, for fear of his curiosity ; but
now I need not fear the bearer. Though Taylor be an arrant knave, and a zealous Papist,
and the King himself confesses that he is gone
farther than his instructions, yet he excuses it
thus : as for the title, that Taylor would not
be suffered by the Emperor to treat if he gave it
me ; and as to what he speaks **of the** fleet, he
sayeth, that Taylor was fain to say that, to
make the treaty the easier ; but he assured me,
that it was not in his instructions, nor to desire
the ban to be taken from me, or the door of
grace to be opened to me ; for which the
King sent him a reprimand, that he had gone
too far in this. But now, in the instructions
of my Lord Marshall, the ban is named
again, which I could not hinder for my life.
Rustorff is of opinion, that I should desire
the ban to be taken away from my father,

and

and his servants; but why should I declare
my father guilty? for, methinks, if I desire
the ban to be **taken from him, I** declare it
just; if it be just, my father is made guilty.
Your Majesty hearing both this, and my Lord
Marshall's reasons, and conferring them with
your own, will rightly judge of it.   To that
point of putting the Electoral dignity **to a**
Diet, the King saith he will not be content
with that delay, except the Emperor restore
the country presently, and give a full assurance of the rest.   That that confederation
he propounds the King assures me will not
be to give him any assistance, or to do any
hostility against any of his old allies, it will
only be to restore the common peace to
Christendom; and no sooner till I have assurance of a full restitution, I cannot but believe him.   This is all he told me concerning
these propositions before he had received your
letter, of which he spoke not to me yet, neither would I ask him, because I thought he
would begin of himself; but since he doth
not, I will speak to him of it, and your Majesty shall know by the first his answer, though
I believe he hath already wrote it to you by

X

my

my Lord of Arundel. The project your Majesty writes of will now be hardly understood by the King, until my Lord Ambassador writes what the Emperor means to do: the States' Ambassador hath made his proposition to the King of that which Vosperg spoke of to you. He tells me he doth not quite reject it, but doth not think it seasonable now ; **yet** let not the States dispute for that of their negociation, but take heed, lest they anger the King **at** sea ; for as long as they will dispute the King's right at sea, they must not hope any firm alliance with him, seeing Spain doth give so much way in it : the King promises to free their herring-busses, if they will give him the due acknowledgments. Let them agree ; for so small a punctuality will they neglect their own safety, which they cannot be sure of without this kingdom's friendship ? I beseech your Majesty to consider it, and to make them understand it. I long to know what will become of Charnace and Masse's quarrel : they say here that the Mareschal and Monf. de la Meilleraye are commanded home ; your Majesty knoweth if it be so. I have wrote to the Prince for Ference. I would

be

be glad your Majesty would speak for Cave.
I see by your postscript that your intelligencer
hath not lyed, but there is no danger in the
negociation of the Baron de Puscol, who is but
an arrant impostor; and the King hath been
warned by Queen mother, he would take upon
him to be sent by the Cardinal Infante; for
which he gives no credit to any of his propositions. As I was writing this, I received
your Majesty's from the ⅘ of April, by the
gentleman Maurice wrote me word of some
days ago, which came by land. You have
a great deal of reason not to be content with
the Emperor's offer; but the King assureth
me that he will never let me condescend to
any thing which may any ways prejudice me
or my cause, neither will he acknowledge the
ban upon my father or me : only he will the
Emperor take it from him; but methinks
that will be as much as acknowledging it
just. I did never condescend to that, nor will
I do it, except you find it good ; but I will
seek all means to put the King from it. We
shall read and consider the reasons against
taking of a part of the Palatinate, and write
your Majesty what we think of it. Con-
X 2

cerning

cerning my brother, the **King** defires **him**
to ftay here longer, and the Queen alfo; **for**
they fay, feeing we have been fo long together,
fhe would not have him go. The King will
write to you **by Sir R.** Honywood; he told
me he would not let **me go till** he put me
into poffeffion, or into another **way** of **feek-**
ing it. I received, fince I begun this letter,
one of your Majefty's, of the $\frac{11}{21}$ of April, by
which I fee the difcourfe you had **with** my
Lord **of** Arundel, who wrote the King word
you were very well pleafed with his inftructions. The Emperor's Envoy **is** arrived here,
they call him Radolf : Wednefday **he** fhall
have his audience. The news is here, that
the Duchefs of Bavaria is with child, **but it**
is uncertain. A French man of war hath
committed a great infolency againft the King's
ketch which brings the pofts out of Flanders,
for they have taken **it by** force, and killed
moft of the men in it : this bearer will tell
your Majefty more particulars, whom I hope
you will do the favour to fpeak **for** him to the
Prince of Orange, that he may have one of
thefe void companies. My Lady Killegrew
fent your Majefty the cornelian rings : if you

would

would be pleafed to fend me the meafure of your finger, we would provide better. Gordon hath written to Dolbir, whom your Majefty knoweth, that the Ambaffador of Poland was making all hafte to come to Holland, and that he would go his half in any wager he laid for the match. My fifter makes mention in all her letters to me how happy fhe is now, in feeing your Majefty fo gracious to her; and as her greateft ambition is to be continued in your favour, like the reft of your children, fo her only grief would be if you fhould find any caufe in her to difcontent you, or to ufe her with the former coldnefs. If fhe fhould have any, I would condemn her fooner than any body; for it appertaineth to me, who have received moft favour from your Majefty, to have a fingular care that none of us fail in the duty and obedience we owe you: thus I will fhut up my long and tedious letter, remaining

Your Majefty's

Moft humble

and obedient fon and fervant,

CHARLES.

This 25th April.

LETTER CXXXIX.

A fa Majefté la Reine de Bohême.

MADAME,

CE n'eft pas ma faute de ce que ma fœur a été plus heureufe que moi, à rendre la premiere fes devoirs à votre Majefté. J'aurois bien fouhaité, Madame, être déjà en état de m'en acquitter de bouche, & de me prévaloir comme elle de l'honneur de fes graces & de fa bienveillance. En attendant que ce bonheur m'arrive, je la fupplie très-humblement de m'y donner quelque place par avance, & de me croire, avec beaucoup de refpect,

Madame

De votre Majefté

Le très-humble

& très-obéiffant petit-fils & ferviteur,

CHARLES.

LETTER

To the Queen.

Madam,

I DOUBT not but Sir Rob. Honywood hath told your Majefty how he perfuaded us to go to Tiel, and take fhipping there ; which we did, but were fain to take a fcurvy old boat, becaufe ours was fent before to Gorkum. Firft it was a great calm ; but within a quarter of an hour after there begun a great ftorm, that all the fhips in the river ftruck fail, and lay ftill : yet we, for all ours leaked extremely, held on our courfe all the way, for the wind was full contrary, which made me ficker than I was when I came out of England ; thus we went on, until within one hour's going from Gorkum, when the violence of the wind ftill augmenting, we were forced to land in a great fhower of rain, and to go a good way on foot, in the dirt, towards the town, until we met with waggons. The next morning we had a very good paffage to Gertrudenberg and to the army. This after-

X 4

noon

noon I was in the approaches : the French
are over the moat, and have begun their
mine, fo they fay Count William doth ; and
it is thought now we fhall fee an end within
this fix or feven days. Your Majefty hath
fhewed me fo great a teftimony in this laft
bufinefs of Cr   of the continuance of
your care and good opinion of me, that, befides fo many others, I cannot enough acknowledge it, only I will humbly befeech your
Majefty to believe, that the greateft happinefs
I wifh for is to become worthy of your favour ; and I fhall ever continue my earneft
endeavours to render myfelf in deed, that which
I will remain as long as I live,

Your Majefty's
Moft humble
and obedient fon and fervant,
CHARLES.

Army, this 4th of October 1677.

The Year of this Letter is doubtful.

LETTER

LETTER CXLI.

To the Queen.

MADAM,

BY Sir William Boswell your Majesty will learn what discourse we had with the Prince, and what answer he gave us, which was as much as he could say. I have already wrote to the Landgrave by Martinet, who assured me he would advise it very well; so that I believe your Majesty doth not think it necessary now to send Nicholls, because his army is up and down, and he will be long before he meet with him. In my letter I did refer the time and place of our meeting to his own convenience. To-night we go again to our by-watches about twelve or one o'clock, which is our ordinary time, and until day; some of our volunteers have got very hollow eyes with watching, but my Lord of Warwick and his nephews hold out very well. This is a fearful blustering rainy night, therefore I hope your Majesty will excuse me if I take some two hours rest beforehand. There are two French Colonels wanting to-night, which are Charnasse and Hauterive. The first pretends to be troubled with the stone ; the last has had a cholic ever since the by-watch begun. This is all the news I can write, for I am sure any thing that concerns the army you will know by a better hand than from

Your Majesty's

Most humble

and obedient son and servant,

C.

Saturday night, at 10 o'clock.

No Date. Quere about 1677.

—————

L E T T E R CXLII.

*A Monsieur mon Frere, Prince Rupert,
Palatin, à Vienne.*

Très-cher Frere,

J'ai resté très-aise d'apprendre votre heu-reuse arrivée à Vienne, & le serai davan-tage quand je saurai que vous aurez obtenu une bonne expédition. Monf. Huhn ne m'a

mandé

mandé que, touchant la dilection, il fe faut
fouvenir du proverbe Italien en cette rencontre. Je vois que vous n'aviez encore reçu
nos poëfies, ni nos lettres du ꞁ, d'Août. J'ai
pris la liberté de dépêcher M. Bunckley vers
le Roi de la Grande Bretagne, pour l'avertir
qu'à Vienne l'on n'a pas envie de le voir ; ce
que fans doute vous lui pourrez confimer du
lieu même d'où je l'ai reçu par un courrié exprès, que fa Majefté Imp. m'a envoyé pour
ce fujet. Je ne vous dirai rien de l'armement
de Suede contre Brême, ni de celui de Pologne contre les Mofcovites, puifqu'à Vienne
on en aura fans doute l'alarme auffi chaude
qu'ici. On parle fi diverfement du fiege d'Arras, que je ne fais qu'en croire. Monf. l'E-
lecteur de Mayence, ce dit-on, eft allé s'a-
boucher avec les deux autres Electeurs de fa
robe à confluance. Il femble qu'ils ne me
veuillent avoir de la confidence ; mais je
penfe pourtant, devant qu'on en viendra au
fait & au prendre, ils me feront encore l'honneur de m'en parler. J'efpere d'apprendre
par Huhn comment on eft difpofé à la cour
Impériale, & le croyant en chemin je ne lui
écris rien cet ordinaire. Je vous fupplie de

me

me conferver votre amitié, & me croire fer-
mement,

Très-cher frere,

Votre très-affectionné
& fidele frere & ferviteur,

Charles Louis.

D'Heidelberg, ce ¹⁸⁄₁₉ d'Août.

LETTER CXLIII.

Sans Adreſſe.

Du Souverain,
ce **6** de Septembre, 6 heures du matin.

Monsieur,

JE viens de recevoir nouvelle que la flotte
des Indes, & leur convoi, ont paſſé Portfmouth ; ainſi que je ne doute nullement de
leur arrivée aux Dunes, & de les voir bientôt
en cette riviere. Si les ennemis paroiſſoient
entre ci & là, (de quoi il y a peu d'apparence)
nous ferons contraints de fortir avec tout ce
qu'il y a de vaiſſeaux capables. De quoi

n'ai

n'ai voulu manquer de vous donner part, &
vous prie de détacher auſſi-tôt que ce pourra
une frégate vers le Galloper, pour y croiſer
juſqu'à ce que ladite flotte ſoit entrée. J'ai
donné ordre à la frégate l'Antilope de faire
de même.

 Je ſuis,

  Monſieur,

  Votre très-humble **Serviteur,**

   Rupert.

 Si l'ennemi paroiſſoit, d'en donner ordre à ladite flotte aux **Dunes** ; ce que
la **vôtre** fera, à nous, ce vous deſire.

LETTER

LETTER CXLIV.

No Addrefs.

Strafbourg, ce 29 Mai.

MONSEIGNEUR,

J'AI fait voir l'ordre que votre Alteffe m'a envoyé à Monf. de Kau, lequel m'a dit n'avoir pouvoir de payer ladite fome, puifque Monf. Azany eft en ville. Tellement qu'à l'inftant j'ai fait favoir à Monf. Azany qui feroit content de le délivrer, s'il avoit une quittance de votre Alteffe, comme la premiere, & crois qu'il donne plus d'éclairciffement à Monf. Frais; de quoi fuis très-marrie qu'il n'a fu executer ponctuellement les commandemens de votre Alteffe, comme celle qui fait gloire de fe dire,

Monfeigneur,
De votre Alteffe,
La très-humble
& très-obéiffante fervante,

M. DE LISLE.

[The

[The following should have been inserted at page 26.]

LETTER XII.

To the Queen.

MADAM,

WHEN I arrived here, it was found impossible to have such things in readiness as were necessary for the conjunction of all our troops with King, and to send the horse before. We have put the foot in some place of security which was not fit ; therefore we shall first try whether we can get any place near or upon the Rhine, to lodge our foot in, hoping by that means to draw King this way. As soon as all things are in readiness, and that our spy is returned from sounding the ditch at 48, 14, 63, 11, 37, 56, S, 55, 32, 10, 4, 59, 65, 55, 33, we shall attempt upon it. There is certain news come to this town, that the Deputies of the Landgrave and States of Hesse have, on one side, and the Elector of Mayence, on the other side, signed the treaty they have had so long in hand at Frankfort ; and that it is sent to be ratified by the King of Hungary, and the Landgrave. What were

best

beſt to be done in this your Majeſty will underſtand by Sir William Boſwell, whoſe advice I have followed. Ruſtorff writes me
word, that Salvius will not hear of any thing
but preſent affiſtance from England, which
is the thing that muſt be preſſed there. I will
not tell your Majeſty any news from the army, becauſe I do not doubt you have more
certain and more particular at the Hague.
Concerning the buſineſs with my Lord Craven, Sir Richard Cave ſhall acquaint your
Majeſty how we have proceeded in it : if any
thing happen of importance, I ſhall advertiſe
it with all ſpeed, whilſt I remain

Your Majeſty's

Moſt humble

and obedient ſon and ſervant,

CHARLES.

Weſel, this ⅟ of Auguſt 1628.

    We have put off the day of our meet-
ing with King to the 30th of Auguſt, Old
Style.

F I N I S.